KB078305

관상왕의
1번룸

관상왕의 1번 룸 11

가프 장편 소설

초판 1쇄 찍은 날 § 2015년 12월 3일
초판 1쇄 펴낸 날 § 2015년 12월 10일

지은이 § 가프
펴낸이 § 서경석

편집책임 § 한준만

펴낸곳 § 도서출판 청어람
등록번호 § 제387-1999-000006호
등록일자 § 1999. 5. 31
어람번호 § 제1-2304호

주소 § 경기도 부천시 원미구 부일로 483번길 40 서경B/D 3F (우) 14640
전화 § 032-656-4452 팩스 § 032-656-4453
http://www.chungeoram.com
E-mail § chungeorambook@daum.net

ISBN 979-11-316-90540-7 04810
ISBN 979-11-316-90237-6 (세트)

가프 장편 소설

관상왕의
1번룰

11

[완결]

FUSION FANTASTIC STORY

도서출판
청어람

CONTENTS

제1장   등잔 밑을 밝혀라   7

제2장   미스한국 선발대회 배팅   33

제3장   머리 없이 그리는 몽타주   75

제4장   해외 비밀계좌를 터는 법   111

제5장   개의 관상   141

제6장   유지경성(有志竟成) - 뜻이 있으면   167
                                이루리니

제7장   관상王의 위엄   195

제8장   대권상(相) 융준용안(隆準龍顔)!   233

제9장   관상王의 천기누설   271

에필로그   309

제1장
등잔 밑을 밝혀라

"성대 수술?"

길모의 설명을 들은 한동희가 눈을 동그랗게 떴다.

"예. 가능할까요?"

"그거야 정밀검사를 해봐야 하겠지만 어릴 때부터 그랬다면 쉽지는 않을 겁니다."

"홍 부장님, 혹시 데리고 있는 승아 씨?"

눈치를 챈 김석중이 물었다.

"맞습니다. 승아하고 제 동생 장호입니다."

"역시 그렇군요."

김석중이 고개를 끄덕였다.

"뭐 큰 기대는 안 합니다만, 요즘 의료 기술이 발달했으니……."

길모가 다시 한동희를 바라보았다.

"내가 그쪽 전문은 아니지만 조금은 압니다. 목소리를 잃은 장애는 대개 소아 후두유두종을 앓았을 가능성이 높지요."

"소아 후두유두종요?"

"그게 간단히 말하면 후두에 사마귀가 난 상태입니다. 후두는 아시죠?"

물론 알고 있었다.

후두는 목 한가운데 자리 잡고 호흡과 발성을 담당하고 있다. 더불어 이물질이 폐로 들어가는 걸 막아주는 역할을 한다.

"거기 유두종이 생기면 후두가 제 기능을 못 할 수 있습니다. 더러는 쉰 듯한 소리를 내거나 호흡이 곤란한 사람도 있지요. 최악의 경우에는 말을 못 할 수도 있고요."

"그 친구들을 잠시 불러볼까요?"

"아닙니다. 그게 눈으로 진단될 일은 아니죠. 또 다른 요인으로 목소리를 잃었을 경우도 있고요."

"……."

"원인이 아주 다양합니다. 선천 요인, 후천 요인……."

"그럼 목소리를 찾는 건 불가능할까요?"

"그 또한 여러 요인이 있겠지요. 하지만 일단 말을 하지 못한 지 오래되었다면 확률은 떨어질 수 있습니다."

"……."

"제 선배께서 농아전문가가 계신데 거기 연결해 드리지요. 자세한 건 거기서……."

"아, 그래 주시겠습니까?"

"하핫, 이거 도움이 된 건가요?"

"그럼요. 정말 고맙습니다."

"음. 그럼 이번엔 제 부탁을……."

한동희가 겸손하게 말을 이어갔다. 그가 원하는 건 개업이었다.

대학 병원에서 오랫동안 경험과 의술을 쌓아온 한동희 박사. 그러나 대학 강의와 치료를 겸비하다 보니 과부하가 걸렸다. 더구나 잘나가는 개업의들의 성공한 모습도 자극이 되었다.

그는 이제 이론을 떠나 실전에서 환자들과 어울리고 싶었다. 왜냐하면 더 시간이 지나면 자기 병원 한 번 못 가지고 은퇴를 해야 할 것 같았기 때문이었다.

"어떻습니까? 개업하면 밥벌이는 하겠습니까?"

한동희가 얼굴을 들었다.

후덕하다.

대한민국 1% 안에 든다는 수재 코스를 거쳐 온 대학 병원의 교수 겸 의사. 더러는 오만한 빛이 배어 있을 만도 하지만 그렇지 않았다.

하지만 길모는 바로 고개를 저었다.

말랑해 보이는 귀, 굵은 털이 농밀한 눈썹, 끊어진 흔적의 법령……. 재복궁과 명궁, 인당 등은 볼 필요도 없었다.

우선 귀다. 말랑말랑한 귀는 마음이 약하다는 걸 뜻한다. 대학 병원 교수로 있으면서 후진을 양성할 때에는 이게 장점이 될 수도 있다. 하지만 자기 병원을 하면 달라진다.

둘째, 눈썹 또한 사업에 좋지 않았다. 사업을 하려면 주변 사람의 도움이 필요한데 이런 눈썹은 혼자 힘으로 오롯이 진격할 운명. 그리고 법령. 법령에 잘린 흔적이 있으면 사업에 막힘 수가 있다. 그러니 어찌 개업의로서 평안을 누리며 성공을 바라볼 수 있을까?

하나 더 덧붙이자면 입술 또한 마땅치 않았다. 상하가 두툼하니 정이 담박할 성품이었다.

"제 생각에는⋯⋯."

길모는 신중하게 설명을 이어갔다.

"개업의보다 공공병원 병원장이 어떠실지요?"

이야기를 돌렸다. 이제 길모는 그 정도의 관록은 붙어 있었다.

'당신은 개업할 팔자 아니야. 그냥 병원에서 마르고 닳도록 붙어 있어.'

이렇게 말한다면 듣는 사람이 어떨까?

"공공병원 병원장요?"

"리더로서의 상은 괜찮지만 돈과 연관된 상은 큰 운이 엿보이지 않습니다. 그러니 공공병원 병원장 같은 거라면 여러 가지 절충이 되지 않을까요?"

"어이쿠, 이거 우리 마누라님을 모셔올걸 그랬군."

한동희가 웃었다.

"형수님은 왜요?"

술잔을 비워낸 김석중이 물었다.

"아, 사람. 아까 말 안 했어? 우리 싸모님이 자기만 꾀죄죄하게 산다고 나를 볶아댄다고 했잖아? 마침 우리 싸모님도 관상

좋아하는데 이렇게 고명하신 분의 말이라면 덜컥 받아들일 거 아냐?"

한동희도 술을 비워냈다. 길모가 보니 괜한 말이 아니었다. 그건 한동희의 간문이 대변하고 있었다. 그 광택의 근원은 처, 부인 덕에 오늘을 이루었다는 의미였다.

"혹시 사모님 사진이 있으신가요?"

길모가 한동희를 바라보았다.

"사진… 없는데요."

"아, 진짜. 형수님 사진도 안 가지고 다닙니까? 그러니까 바가지를 당하죠?"

옆에 있던 김석중이 핀잔을 날렸다.

"사람. 내가 요즘 얼마나 바빴어? 마누라하고 여행도 언제 갔는지 모를 판인데……."

"그럼 아예 여기로 오라고 하세요. 시동 걸면 10분도 안 걸릴 텐데."

"이 비싼 술집에?"

"어허, 여기가 어떻게 술집입니까? 여긴 대한민국 최고의 관상 보는 집입니다."

김석중의 목소리가 근엄하게 변했다. 그러자 한동희의 시선이 길모에게 꽂혀왔다. 그래도 되냐고 묻고 있는 것이다.

"저는 괜찮습니다."

"그럼 그럴까?"

슬그머니 분위기를 파악한 한동희, 결국 전화기를 들었다.

한동희의 아내, 전재숙 여사가 도착한 건 15분쯤 후였다. 마치 기다리기라도 한 듯 날아온 것이다. 그녀가 들어섰을 때, 별실 룸 안에는 남자 세 명뿐이었다. 길모와 김석중, 그리고 한동희……

"안녕하세요?"

인사하는 그녀의 목소리가 밝았다.

"어이, 마누라. 이분이 누군 줄 알아?"

한동희가 길모를 가리키며 목에 힘을 주었다.

"글쎄요……."

"이분이 바로 대한민국 관상왕 홍 부장님이셔. 신문이나 방송에도 많이 나왔다던데 몰라?"

"어머, 이분이 바로 그 홍 부장님?"

여자들은 이럴 때는 아주 솔직하다. 전 여사는 바로 길모의 손을 잡았다.

"영광이에요. 그렇잖아도 선생님 같은 분에게 관상 한 번 보고 싶었는데……."

"일단 앉으시죠."

길모는 그녀에게 자리를 권했다.

"그런데 당신이 이런 분을 어떻게? 당신은 미신이라고 이런 거 싫어하잖아요?"

한동희 옆에 자리를 잡은 전 여사가 물었다.

"맞아. 수술실, 강의실 귀신인 내가 이런 분을 어떻게 알겠어? 여기 우리 잘나가는 후배께서 잘 아는 분이라 따라온 거지."

"그럼 그거 물어봤겠네요?"

"그래."

한동희, 이제는 자기 손으로 술을 따랐다.

"어떻게… 나왔어요?"

전 여사가 길모를 바라보았다.

"이거래."

기다렸다는 듯이 손으로 자기 목을 그어 보이는 한동희.

"우리 한 박사님, 개업운이 없나요?"

"있습니다!"

전 여사와 시선을 맞춘 길모, 조금 전과는 다른 처방을 내놓았다.

"홍 부장님, 방금 전에는……."

놀란 한동희, 길모에게 레이저 같은 눈빛을 날렸다.

"개업하세요!"

길모는 더 또렷하게 강조했다.

"홍 부장님……."

영문을 모르는 김석중까지 길모를 바라보았다.

"저는 지금 사모님의 관상을 보고 말씀드리는 겁니다."

"네? 저요?"

전 여사가 되물었다.

"미간에 무지개가 서렸지 않습니까? 그냥 서린 게 아니라 얼굴을 덮을 지경이군요. 머잖아 대박이 날 상입니다. 그러니 당연히 사모님이 개업을 하셔야죠?"

"제, 제가……."

"복덕궁이 참으로 수려하시군요. 두 뺨의 살집이 조금만 부족했어도 한 박사님을 만나지 못했을 텐데……. 그야말로 천생연분이십니다."

"하긴 저이가 명색만 의학박사지 제가 챙기지 않으면 어린아이라니까요."

칭찬을 들은 전 여사가 얼굴을 붉혔다.

"한 박사님!"

"예?"

"저는 지금 농담을 하는 게 아닙니다. 박사님은 개업운이 조금 박하지만 사모님은 지금 절정이 가까워졌습니다. 평소 하고싶은 사업이 있다면 개업하게 하시는 게 좋습니다."

"우리 마누라님은 수입 명품아동복 쇼핑몰 내는 게 소원이긴 한데……."

"그럼 밀어주세요. 입이 크니 의지가 강하고 광대뼈가 살짝돋아 매사 적극적이십니다. 게다가 이마가 시원하니 매사 실천력이 뛰어나시죠?"

"어이쿠, 나보다 우리 마누라님을 잘 아시네."

"제 결론은 그것입니다. 두 분 중에 한 분이 사업을 하실 거라면 사모님 쪽으로 올인하는 게 좋습니다. 반드시 대운이 스밀 겁니다."

"어머, 어머……! 이게 웬 날벼락이야?"

길모가 단언하자 전 여사는 어쩔 줄을 몰랐다.

"날벼락은 무슨? 관상박사님 말대로 당신이 쇼핑몰 차리라고."

"진짜 내가 저질러도 돼요?"

"어쩌겠어? 관상박사님 말씀인데……."

"고마워요. 홍 부장님. 그렇잖아도 내가 온몸이 근질거리던 참인데……."

전 여사는 반색을 했다.

길모의 하루는 화기애애함 속에 슬며시 저물어 갔다.

*   *   *

비가 내렸다.

길모는 병원 복도에 서 있었다. 휴게실의 화면은 미스 한국 선발대회 지역 예선전을 중계하고 있었다. 쭉빵섹시한 미녀들이 수영복을 입은 채 활보했다. 그래도 길모의 눈에는 들어오지 않았다. 저만치에서 혜수가 다가왔다.

"마셔요."

그녀가 내민 건 카페모카였다.

"미녀대회 안 봐요?"

"관심 없어."

"내가 질투할까 봐요?"

"아니라니까."

"시간도 죽일 겸 보다가 스카우트할 수도 있잖아요."

"그런가?"

길모는 한 귀로 듣고 한 귀로 흘렸다.

"비가 꽤 오네요?"

그녀는 아메리카노를 입에 물고 먼 하늘을 보았다. 이슬비였다. 오는 듯 안 오는 듯 그침이 없었다.

"그런 모습 처음 봐요."

혜수가 길모를 바라보았다.

"그래?"

"승아하고 장호한테는 긴장하지 말라더니 이제 보니 오빠가 더 긴장하고 있잖아요?"

"미안……."

"탓하는 게 아니에요."

"나도 알아. 그냥 잘됐으면 해서……."

길모는 승아와 장호가 들어간 진료실을 바라보았다. 둘은 지금 성대 방면의 명의로 꼽히는 진료부장실에 들어가 있다. 이제 저 진료실에서 두 사람의 운명이 판가름 날 일이었다.

목소리…….

길모에게는 아무 느낌도 들지 않는 그것. 그러나 저 두 사람에게는 어떤 의미일까? 만약 저 둘이, 아니, 최소한 둘 중 하나라도 목소리를 얻게 된다면 그건, 길모가 호영의 관상 능력을 얻은 것 이상이 될 것 같았다.

그랬다. 승아와 장호에게 세상을 안겨 주는 일이었다.

그 목소리는 어떨까? 그저 낮은 신음 같은 소리만, 그것도 짧게 토해내던 두 사람이었다.

길모는, 두 사람의 관상을 보지 않았다. 너무 중대한 일이라 길모의 능력을 개입시키고 싶지 않았다. 이건 의학이 결정할 일이었다.

"어머!"

잠잠하던 혜수가 하늘을 보며 소리쳤다.

"왜?"

"무지개가 떴어요!"

혜수가 하늘을 가리켰다. 그 손을 따라 길모도 고개를 돌렸다.

무지개! 그게 하늘에 있었다. 긴 수평선을 따라 아스라한 환상을 펼쳐 놓은 무지개…….

"이거 서광의 징조가 아닐까요?"

혜수가 반색을 했다.

"그럼 좋지……."

"어휴, 갑자기 간 떨려 죽겠네."

"언니!"

그사이에 유나가 다가왔다. 혜수를 통해 승아와 장호의 소식을 들은 것이다.

"어떻게 됐어요?"

"진료 중이야. 검사는 아까 마쳤고…….

"제발 잘됐으면 좋겠어요."

유나의 눈은 바로 붉어졌다. 어쩌면 형제자매처럼 지내온 승아. 더구나 유나는, 그녀와 함께 바닥의 끝까지 경험했기에 마음이 남다를 일이었다.

"홍 선생님, 들어오시래요."

얼마나 지났을까? 진료실 문이 열리며 키가 훤칠한 간호사가 나왔다.

"얼른 들어가 봐요."

혜수가 길모의 등을 밀었다.

"오빠, 파이팅!"

유나는 주먹까지 쥐어 보인다. 길모는, 손에 든, 하지만 이미 싸늘하게 식어버린 커피를 원샷으로 마시고 진료실에 들어섰다.

승아와 장호!

둘은 그 안에 있었다. 한동희 박사가 각별하게 소개해 준 조동철 진료부장 앞에.

"검사가 다 끝나서 결과가 올라왔습니다."

화면을 바라보던 조동철이 입을 열었다.

꿀꺽!

길모는 자신도 모르게 마른침을 넘겼다. 목으로 넘어가지 않았다. 흡사 갈비뼈에 덜컥 걸려 버린 느낌이었다. 슬쩍 돌아보니 장호와 승아도 마른침을 우겨넣는 모습이었다.

어찌 긴장되지 않을까?

그 조바심 속으로 조동철의 목소리가 아스라이 스며왔다.

"두 사람의 검사 결과를 검토한 결과… 제 실력으로는 목소리를 살리는 게 불가능합니다."

쾅!

진료부장의 말이 길모의 뇌리를 강타하고 지나갔다. 시선이 맥없이 팍 꺾이기는 승아와 장호도 마찬가지였다.

"방법이 없다는 말씀입니까?"

길모가 물었다.

"두 사람 다 후천적 요인으로 목소리를 잃은 것 같은데…….
아마도 고열성 질환의 후유증일 겁니다. 이게 언어신경이 살아
있으면 치료를 시도해 볼 수도 있는데 그 흔적이 너무 미약해
서……."

"박사님!"

"나도 한 박사 부탁이라 장고에 장고를 거듭하고 드리는 말
씀입니다. 두 분 다 젊은 사람이라 가능성이 조금만 높아도 수
술을 권하고 싶습니다만……."

"……."

"아무튼 미안하게 되었습니다. 이럴 때면, 의사도 비애를 느
끼거든요."

"그럼 다른 병원에 가도 마찬가지일까요?"

길모, 진료부장이 이 분야의 최고 권위자라는 말을 들었음에
도 속절없이 물었다.

"아마……."

"……."

"그래도 다행스러운 건 두 사람이 모두 건강하고 뇌에 이상
이 없다는 사실입니다. 이런 경우에 많은 사람들이 몸이 약하고
뇌에 이상 반응이 있거든요."

"그렇… 군요."

길모의 어깨가 삶은 고사리처럼 늘어졌다.

[형!]

[부장님!]

장호와 승아가 동시에 수화를 그렸다. 그 둘은 자기들 자신보

다 길모를 걱정하고 있었다.

"다른 검사를 해도 소용없는 거죠?"

"할 만한 검사는 다 했습니다."

"……."

"……."

[형, 가요!]

장호가 늘어진 길모의 팔을 잡아 세웠다.

[그래요. 우린 괜찮아요. 지금까지도 잘 살아온걸요?]

승아도 수화로 위로의 말을 전해왔다.

"미안하다."

[쳇, 뭐가 미안해요? 우린 덕분에 건강검진 한 번 제대로 했지. 그렇지? 승아야!]

[그럼. 부장님 아니면 우리가 언제 이런 병원에서 검사 받아보겠어.]

둘은 죽이 척척 맞았다. 길모는 두 사람에 이끌려 병실을 나왔다. 그 광경을 본 혜수와 유나는 아무 말도 하지 않았다.

"에이, 기분도 꿀꿀한데 밥은 내가 쏜다!"

카날리아의 인간비타민 유나, 바로 분위기 바꾸기에 돌입했다.

"먹어요, 먹는 게 남는 거라니까."

청정 한우 집으로 들어선 유나, 생꽃등심을 굽기 무섭게 길모의 입에 들이밀었다.

"야, 넌 돈이 어디 있다고……."

길모가 한숨 섞인 한마디를 토했다.

"어머, 우리 오빠, 텐프로 아가씨를 우습게 보네. 나 이틀 동안 받은 팁만 삼백이 넘어요. 여기서 우리가 아무리 많이 먹은들 삼백이 나올까?"

"야, 너 지금……."

"왜? 텐프로가 어때서? 더구나 우리 카날리아 건전업소잖아요? 뭐 창피해요?"

유나가 당차게 말했다. 말문이 막힌 길모는 상한 속을 풀려는 듯 고기를 우겨넣었다.

"잘 생각했어요. 먹는 게 남는 거라니까. 야, 승아하고 장호, 너희도 많이 먹어라. 내가 아무 때나 쏘냐?"

[뭐, 그건 그래.]

장호 입가에도 미소가 돌았다.

"얘, 쏘는 김에 음료는 없냐? 분위기도 그런데 딱 한 잔씩 때리자."

고기를 집던 혜수가 유나에게 말했다.

"언니, 진심이지? 나 아까부터 언니 눈치만 보고 있었거든."

"알았으면 와인 한 병 시켜라. 너무 비싸지 않은 걸로."

"오케이!"

유나는 그 자리에서 손을 팔랑팔랑 흔들었다.

"자, 건배. 승아하고 장호가 나보다 잘난 인간으로 리뉴얼되는 길이 막혀 버린 기념으로!"

유나가 일어나 엉뚱한 건배사를 했다. 그래도 아무도 탓하지 않았다. 결코 악의 섞인 소리가 아니라 분위기를 살리려는 노력이라는 걸 아는 까닭이었다.

"아우, 역시 와인은 맛없어. 외국인들은 이런 게 뭐가 맛있다고 거금을 주고 먹는지 몰라."

한 잔을 마신 유나가 고개를 저었다.

"어이구, 손님들 앞에서는 잘도 마시더니……."

"언니, 그거야 다 길모 오빠 먹여 살리려고 하는 짓이지. 우리가 마셔줘야 매상이 오를 거 아냐?"

"우리 부장님이 언제 매상에 목매든?"

"피이, 나도 그냥 하는 말이거든요."

혜수와 유나가 티격태격하는 사이에 길모 전화가 울렸다. 노은철의 전화였다.

"어, 노 변이 웬일이야?"

길모는 목소리를 가다듬고 전화를 받았다. 별 내용은 아니었다. 미국으로 보낸 중증 장애인 여섯 명이 수술을 잘 마치고 돌아온다는 얘기였다.

"나중에 한 번 갈게. 마무리는 노 변이 잘해줘."

길모는 인사말을 전하고 통화를 끝냈다.

"헤르프메 변호사님이에요?"

눈치 빠른 유나가 물었다.

"그래. 우리가 십시일반 보탠 돈으로 여섯 명이 장애에서 벗어났단다."

"오빠!"

그때였다. 옆에 있던 혜수가 빠르게 고개를 돌렸다. 허공에서 마주친 길모와 혜수의 시선. 길모는 그녀가 뭘 말하려는지 짐작이 왔다.

"노 변? 미국?"

"네!"

둘은 짧고도 빠른 대화를 주고받았다.

"둘이 뭐래?"

궁금증이 도진 유나가 볼멘소리를 뱉었다.

"맞아. 내가 왜 그 생각을 못 했지?"

길모, 집었던 고기를 놓고 벌떡 일어섰다.

"오빠, 어디가? 모처럼 비싼 고기 샀더니!"

유나가 소리쳤다.

"미안, 나 노 변 좀 만나고 올 테니까 천천히들 먹고 출근해
라."

길모는 뒤도 돌아보지 않고 차를 향해 뛰었다.

"의사?"

헤르프메 앞에서 은철이 물었다.

"그래. 농아 전문의로……."

"일단 알아는 볼게."

"그냥 알아보는 걸로는 안 돼. 승아나 장호 둘 중 하나 정도는
고쳐 준다고 약속하라고."

"홍 부장……."

"오면서 생각하니까 나도 등잔 밑이 어두웠잖아? 걔들도 나
름 무지하게 고생한 애들이거든."

"그런데 다른 사람만 돕고 있었다?"

"말하자면!"

"그래서 우리 관상왕이 부리나케 뛰어오셨구만."

"어때? 그럴만한 의사 알아, 몰라?"

"글쎄. 한국의 그 분야 명의가 고개를 저었다면 쉽지는 않겠지. 하지만 한국과 미국의 의술이 차이가 나는 건 사실이니까."

"그렇지?"

"어이쿠, 이거 그런 의사 못 찾아내면 나를 닦아세울 기세네?"

"쪽팔리잖아? 큰 기대는 말라고 했지만 애들이 얼마나 마음 아프겠어."

"하여간 홍 부장은……."

"내가 뭐?"

"아니, 고맙다고."

"왜 갑자기 말꼬리를 바꾸는데? 이거 제대로 안 알아보면 후환 있을지도 몰라."

"예, 어련하시겠습니까? 식음 전폐하고 알아봐 드리죠."

"약속한 거야."

"그래. 어차피 미국이나 프랑스, 영국 같은 곳의 특수 분야 전문가들은 내가 다 꿰고 있잖아? 우리 애들 고칠 때 조금이라도 더 가능성 있는 닥터에게 맡겨야 하니까."

"바로 그거야."

"내가 홍 부장 다녀온 병원 닥터랑 연락해서 이쪽 기록 확보한 다음에 트라이해 볼 테니까 가서서 카날리아나 꾸리시죠. 요즘 숨 쉴 사이도 없다며?"

"알았어. 그럼 부탁해!"

"어, 그렇다고 도 원장님도 안 보고 가는 거야?"

"해가 지고 있잖아? 사실은 지금 가도 지각이야."

"그럼 가봐. 아, 저번에 보내준 후원금 고마웠어."

"새삼스럽게 그런 말은 왜 해."

길모는 산뜻하게 시동을 걸었다.

바앙!

도로를 질주하며 소망했다. 둘은 몰라도 하나는… 하나라도 꼭 소리를 찾을 수 있기를. 그리하여 그들이 새로운 세상을 만날 수 있기를…….

*　　　　*　　　　*

"형!"

주차장에 들어서자 윤표가 길모를 반겼다. 이미 담당 룸 청소를 끝낸 윤표는 승만이와 함께 주차장 청소를 끝내고 핸드폰으로 방송을 보고 있었다.

"설마 야동은 아니겠지?"

차에서 내린 길모가 힐끔 고개를 뽑아 돌렸다.

"야동보다 더 좋은 거예요."

옆에 있던 승만이 키득거리며 대답했다.

"더 좋은 건 또 뭐냐?"

길모가 물었다.

"미스 한국 선발대회 예선 엑기스 영상요. 야동 같은 건 워낙 인위적이라 안 땡기잖아요."

"미스 한국?"

"오늘 저녁이 본선대회잖아요? 그동안 지역 대회 열린 거 누가 편집해서 올렸는데 몸매들이 기똥차요. 볼래요?"

승만이 화면을 내밀었다.

"에라, 이 변태야!"

길모가 승만을 쥐어박았다. 화면 구성 때문이었다. 독특한 취향을 가진 어떤 인간이 후보자들의 솔깃한 부분만 클로즈업해서 올린 영상이었다.

"아, 좋기만 하구만……."

승만은 입술을 실룩거렸다.

"하긴 좋은 때다. 너만 할 때는 치마만 둘러도 고추가 바이브레이션 반응을 하지."

"그건 아니거든요."

"알았으니까 너무 심취하지 말고 손님 맞을 준비나 해라."

"예!"

대답은 승만과 윤표가 동시에 했다.

별실에 들어서자 장호가 길모를 반겼다. 장호는 별실의 테이블을 정돈하고 있었다.

"고기는 많이 먹고 왔냐?"

[그럼요.]

"나 미웠냐?"

소파에 등을 기대며 길모가 물었다.

[뭐가요?]

"뜬금없이 병원에 데려가서 헛바람만 넣은 거…….."

[쳇, 그게 왜 미워요? 고맙기만 한데…….]

"승아는?"

[승아도 나랑 이하동문.]

"진짜지?"

[아, 진짜… 형이랑 나랑 하루 이틀 붙어 있었어요? 사람 못 믿게…….]

"이리 와봐."

[왜요?]

"와보라니까!"

[아, 1번 룸도 정리해야 하는데…….]

장호는 괜히 투덜거리며 길모 곁으로 다가섰다.

"새꺄, 까지 말고 똑똑히 들어. 너희들 미국 쪽 전문가에게 다시 한 번 치료를 타진하고 왔다. 하지만 안 될지도 몰라."

[형…….]

"빌어먹게도 내가 네 생각을 잊었지 뭐냐? 헤르프메를 통해 많은 사람들에게 희망을 찾아주면서도…….."

[나야 불행한 사람이 아니니까…….]

"그래. 네가 왜 불행하냐? 넌 내 동생인데……. 하지만 말을 못 하니 얼마나 답답하냐? 내가 의사가 아니라서 장담은 못 하지만 가는 데까지 가보자."

[형…….]

"자식, 울기는. 빨리 내려가서 1번 룸이나 치워."

길모는 장호의 엉덩이를 내려쳤다.

[형…….]

문까지 걸어간 장호가 그 앞에서 수화를 그렸다.

"왜?"

[나 말 못 해도 안 불행해요. 형을 만났으니까… 그리고 형이 나 생각해 주는 것만으로도 충분히 행복해요. 그러니까 좋은 소식 안 와도 걱정하지 마세요. 승아도 나도 결코 형 원망하지 않아요. 알죠?]

"모른다. 모르니까 빨리 내려가 봐!"

[헤엣, 알았어요.]

장호는 눈물 섞인 미소를 남기고 복도로 나갔다.

길모의 전화가 바삐 울린 건 바로 그때였다.

'주형관 사장?'

발신자는 그 사람이었다. 치킨게임 배틀을 벌인 두 사람 중 하나. 그러고 보니 게임이 끝났을 일이었다. 전화가 왔다면 그가 이긴 것일까? 길모는 살짝 긴장하며 전화를 받았다.

"여보세요!"

―날세! 지금 당장 예약 좀 해줘야겠네.

주형관은 다짜고짜 예약을 꺼내들었다.

"지금은…….."

―이봐, 당신 덕분에 200억을 날렸어. 그런데 예약이 안 돼?

주형관의 목소리가 까칠하게 높아졌다.

200억!

그가 졌다.

그런데 주형관은 치킨게임의 패배를 길모 탓으로 돌리고 있었다.

"……!"

길모는 황당했다.

—뭐 그건 기왕 그렇게 된 거고 내가 오늘 기분도 풀 겸 재미
난 게임 한판할 거니까 룸 좀 비워주라고. 매상은 섭섭지 않게
올려줄 테니!

절반의 강압. 그러나 길모는 그 배팅을 받아들였다. 이유가
있었다. 주형관의 선택이 궁금했던 것. 치킨게임을 벌이는 두
사람의 관상은 막상막하를 이루었던 상황이었다. 아니, 길모가
보기엔 오히려 주형관이 근소하게 우세했었다. 그러니 길모라
고 어찌 그의 선택이 궁금하지 않을까? 그러자면 별수 없이 첫
예약을 살짝 뒤로 미뤄야 했다.

길모는 목청을 가다듬으며 전화기를 들었다.

"회장님, 저 카날리아 홍 부장입니다만……."

길모는 첫 예약자의 양해를 구했다.

제2장

미스한국 선발대회 배팅

주형관은 일곱 시가 되기도 전에 찾아왔다. 카날리아에 들르기엔 빠른 시간이었다. 물론 길모에게는 나쁜 일이 아니었다. 일찍 왔으니 일찍 갈 일. 그렇다면 다음 예약 손님에게 차질이 없을 일이었다.

　그런데 그와 동행한 사람이 있었다. 자그마치 네 명이었다. 게다가 그들, 주형관을 포함해 다섯 명은 모두 커다란 서류 가방을 두 개씩이나 안아 들고 입장을 했다.

　"오랜만이군."

　소파에 앉는 주형관의 얼굴에는 독기가 스며 있었다. 엊그제 본 관상과 또 달랐다.

　'변했다.'

　길모는 짐작했다. 관상이 변한다는 건 만고의 진리. 그렇기에 사람에 따라서는 급변도 할 수 있었다. 하지만, 이렇게 빨리 변한 느낌은 길모에게도 낯선 일이었다.

"아가씨를 들일까요?"

길모가 물었다. 아가씨들은 이제야 출근하기 시작하는 시간. 손님들이 빨리 왔지만 그렇다고 그게 이유가 될 수는 없었다.

"좋지. 이번에는 쭉쭉빵빵한 애들, 그러면서 입 닥치고 술이나 따를 애들로 들여보내라고."

오더가 완전히 다르게 나왔다. 주형관은 거기에 옵션까지 붙였다.

"아, 기왕이면 수영복을 입혀서 들이도록."

'수영복?'

오랜만에 듣는 야릇한 옵션, 더구나 별실 룸에서는 없던 일이라 주형관을 바라보았다. 주형관은 말대신 돈 봉투를 던져놓았다.

닥치고 시키는 대로!

주형관의 눈빛이 그렇게 말하고 있었다.

길모는 슬쩍 네 남자를 살펴보았다. 세 명은 좋았다. 관상만으로는 어디에 내어놓아도 빠질 상이 아니었다. 다만 한 남자는 좋은 상이 아니었다. 명품 양복에 명품 시계, 하다 못해 헤어스타일까지도 시원하지만 관상은 '박복' 그 자체였다. 말하자면 이들 구성과는 사뭇 이질적인 사람…….

'뭘 하려는 걸까?'

다섯 사람의 얼굴에는 기대감과 긴장, 더불어 도박의 기운이 감돌았다.

주형관의 말이 길모의 뇌리를 스쳐 갔다.

'심심풀이 게임 한판.'

그게 뭘까 궁금했지만 아직 입을 열지 않으니 채근할 수 없었다.

"에? 수영복?"

콜을 받고 서둘러 나온 홍 마담이 입을 쩌억 벌렸다.

"애들이 다섯 명은 되나요?"

"그럭저럭……."

"숙희는요?"

"오고 있대."

대화가 오갈 때 숙희가 들어섰다.

"부장님, 언니!"

그녀는 하늘거리는 원피스 차림이었다.

"잠깐 보자."

길모는 그녀를 잡아끌었다.

"수영복요?"

"그래. 내키지 않으면 다음 타임 준비해도 돼."

길모는 그녀를 배려했다. 그녀는 이미 암묵 중에 별실 룸의 퀸으로 자리 잡고 있었다. 그러니 손님들이 저렴한 판을 벌이는 자리라면 퀸의 내상은 막아주는 게 옳았다.

"들어갈게요."

숙희는 담담하게 대답했다.

"좀 심하게 굴지도 몰라."

"그러니까 더욱 제가 들어가야죠."

"숙희야……."

"부장님이 저를 이렇게 생각해 주는 걸로 만족해요. 그러니 피하지 않고 지혜롭게 즐겨볼게요."

그녀가 웃었다. 어쩐지 혜수를 닮은 미소. 그렇다면 굳이 말릴 필요가 없었다.

아가씨들은 밀착형 원피스 수영복을 입고 입실했다. 누군가 오늘이 미스한국 본선이라고 말했고, 콘셉트를 거기서 따기로 했다.

"오, 좋군."

주형관도 만족스러운 모습이었다.

몸매가 고스란히 드러나는 스판 수영복. 체면이 필요한 자리가 아니라면 누가 마다할 것인가?

아가씨 다음은 술이었다. 멋대로 찾아온 주형관. 거기다 분위기도 그리 좋지 않았으므로 길모는 최고급 술을 세 병 들였다. 매너를 지키지 않는 인간이라면 벗겨먹어도 상관없었다.

"홍 부장!"

술이 한 잔 돌자 주형관의 입이 열렸다.

"예."

"200억 날렸다는 말은 아까 들었지?"

"……?"

"당신 말이야, 알고 보니 그 인간 관상도 봐줬다고?"

길모는 조금 뜨끔했다. 물론, 어떤 수작도 부리지 않고 오직 관상에 의한 관상만을 보았던 길모였다. 하지만 오비이락이라고 치킨게임을 벌이는 당사자들이 같은 날 와서 관상을 보고 갔으니 그리 유쾌한 일은 아니었다.

"여기저기 알아보니 당신이 농간을 부릴 사람은 아니라고 하던데 그걸 누가 알겠어?"

주형관의 목소리에는 원망이 실려 있었다.

"두 분 다 제 첫 손님이었고, 두 분이 치킨게임을 벌이는 건 나중에야 알았습니다. 기분은 나쁘실지 몰라도 제 명예를 걸고 관상만 보았으니 이해해 주시기 바랍니다."

"어쩌겠나? 설령 당신이 그 인간과 짜고 나를 엿 먹였다고 해도 증거가 없는데."

"죄송하지만……."

길모는 낮은 소리로 말을 이었다.

"질문이 있습니다."

"질문?"

주형관의 눈이 매서운 빛을 쏘았다.

"예!"

"말해보시게."

"제가 말씀드린 대로 타짜를 선택하셨습니까?"

길모가 바른 시선을 들었다. 그게 궁금했다. 그러자 주형관 입에서 정답이 나왔다.

"내가 왜 당신 말을 따라야 하지?"

"……."

"젠장!"

그러고는 양주를 훌쩍 들이켜는 주형관. 그의 패착이 무엇인지 길모가 깨닫는 순간이었다.

주형관은 길모와 반대로 갔다. 신중에 신중이 더한 그의 성격. 돌다리를 너무 두드리다 보니 오히려 판단력이 흐려졌다. 단판승부에서는 과감한 배팅이 필요하다는 걸 망각한 것이다.

"아무튼 됐고, 텔레비전이나 틀라고."

주형관이 짜증스레 말했다. 길모가 눈짓을 하자 숙희가 리모콘을 눌렀다.

"미스한국 선발대회로!"

주형관의 오더가 이어졌다. 리모콘이 몇 번 눌러지자 시원한 미녀들 화면이 나왔다.

─안녕하세요? 꽃의 계절 6월, 만발한 꽃보다 아름다운 대한민국 최고의 미인을 뽑는 미스한국 선발대회의 본선 진행을 맡은 이나은입니다.

화사하게 단장한 진행자가 낭랑한 멘트를 토해냈다.

"자네도 미인 보는 눈은 좀 있지?"

주형관이 물었다.

"……."

"아니지. 관상 실력에다 텐프로에서 미녀들을 즐비하게 거느리고 있으니 그냥 보는 정도가 아니겠군."

"……."

그사이에 화면은 도열한 미스한국 후보군 66명을 화면으로 훑고 있었다. 화면 속의 미녀 후보들이 입은 원피스 수영복은 핑크색. 그리고 별실 룸의 다섯 미녀들 역시 핑크에 가까운 분홍색. 얼핏 보면 마치 미인 대회가 룸까지 들어온 것 같았다.

"실은 말이야. 아까도 말했듯이 기분 전환 겸 미스한국 당선

자를 가리는 내기나 한판 할까 하네. 술과 미녀… 거기에 관상까지 곁들인 셈이니 당신 룸과도 아주 제격 아닌가?'

관상!

주형관의 목소리에는 비꼼이 배어 있었다.

미인 대회 대상 맞추기.

그러니까 어떤 면에서는 관상과 연관시키는 것도 틀리지 않았다. 미스한국 선발대회에 나온 미녀들의 몸매야 거기서 거기. 그러니 각자 선호하는, 혹은 미인 대회 선발 기준에 맞는 관상을 보고 배팅할 테니 그 또한 좁은 의미로는 관상이 아닌가?

'말은 되는군.'

길모는 고개를 끄덕였다. 기왕에 벌인 판. 숙희 말대로 즐기는 게 나을 것 같았다.

"오 사장, 국 사장!"

주형관이 호명하자 네 남자가 가방을 테이블에 올려놓았다. 그러고는 약속이나 한 듯이 가방을 열었다.

"……?"

가방 안에는 든 건 5만원 현금이 아니었다. 전부 100달러짜리 신권이었다. 얼핏 보니 다섯 다발이 다섯 개씩 8줄……. 가방이 두 개니 대략 8억으로 보였다.

하지만 거기에 덤이 있었다. 두 번째 가방 위에 작은 봉투가 들었던 것이다. 그건 국 사장이 까 보였다. 봉투 안에는 수표 2억짜리가 들어 있었다. 그러니 각자 10억짜리 배팅을 하는 것이다.

"이걸 좀 맡아주시게."

주형관이 길모를 바라보았다.

"사장님……."

"아아, 우린 여기서 도박을 하려는 게 아니라네. 그러니 사설 도박장 개설이 어쩌고 하고 겁을 먹을 필요 없어. 여기 계신 분들도 전부 고명해서 그런 천박한 일을 할 사람도 아니고."

"……."

"그냥 잠시 현금을 보관해 달라는 것뿐이네. 나중에 갈 때 한 사람 차에 실어주면 될 걸세."

"알겠습니다."

길모가 장호에게 눈짓을 보냈다. 장호는 재빨리 윤표와 함께 돈뭉치를 확인했다.

"잠깐!"

윤표와 장호가 돈가방을 옮길 때였다. 주형관이 장호를 잡아 세웠다.

"어때? 홍 부장. 당신도 배팅하는 게?"

"제가요?"

"당신이 관상대가니까 가장 유리하잖아? 척 보기만 하면 누가 대상을 받을지 알 것 아닌가?"

"제가 어떻게 손님들 여흥에……."

"괜찮아. 다들 이해할 걸세. 뭐 우리야 나쁠 거 없고. 그렇죠? 여러분!"

주형관이 좌중을 둘러보자 다들 흔쾌한 찬성의 뜻을 표했다. 하긴 어차피 벌인 판, 그들의 입장에서는 판돈이 커져 나쁠 일이 없었다.

"멤버들끼리 즐기십시오. 저는 아무래도……."

웨이터의 직업 예의로 봐도 그건 아니었다. 길모는 사양의 뜻을 거듭 밝혔다.

"뭐 천천히 생각하라고. 결선 진출자 발표 직전까지만 결정하면 되니까. 물론 당신은 할 일도 있고."

'할 일?'

"관상을 보서야지. 우리가 달리 관상대가를 찾아왔겠나?"

여전히 빈정이 섞인 목소리. 주형관은 소파에 들을 기댄 채 말을 이어갔다.

"우리 다섯 중에 누가 오늘 밤 관상이 제일 좋나? 그걸 좀 맞춰주서야겠네."

주형관이 관상 오더를 던졌다. 이 안에는 복잡한 뉘앙스가 섞여 있었다. 길모의 실력을 다시 확인하겠다는 의도가 아닌가? 그 말은 곧 오늘의 승리자를 집어내라는 뜻이었다.

길모가 주저하자 주형관은 봉투 하나를 내밀었다. 그러자 약속이나 한 듯 네 멤버들도 봉투를 내밀었다.

"복채가 없으면 우리가 무뢰한이지. 관상박사에게 왔으니 예의를 갖추고 싶다네."

그 또한 나름 명분이 있으니 거절할 수 없었다. 애당초부터 받지 않았다면 모를까…….

길모는 남자들의 상을 짚어나갔다. 그중에서는 주형관의 상이 가장 좋았다. 비록 인당의 자색이 흘러 내려 색이 변하고 있지만 남은 멤버들에 비할 바는 아니었다.

"오늘 밤 재복궁은 사장님이 가장 밝아 보입니다만……."

그렇게 말하고 봉투를 쓸어 담았다. 이 자리는 사양하고 말고 할 자리가 아니었다. 호기와 만용에 오만이 더한 인간들의 돈. 그렇다면 한 푼이라도 더 우려내어 헤르프메에 보내면 그만이었다.

"어이쿠, 나라고?"

주형관이 엄살을 떨었다.

"이보시게. 홍 부장. 당신이 몰라서 그러는데 여기 계신 분들이 죄다 미녀사업 전문가들이시네. 저기 두 분은 재작년까지만 해도 미스 코리아 심사위원이셨고. 그러니 내 비위 맞출 생각 말고 다시 제대로 보시게나."

"죄송하지만 제 상은 이미 나왔습니다. 그러나 상이란 마음 씀씀이에 따라 다를 수도 있으니 괘념치 마시고 즐기시기 바랍니다."

길모는 가벼운 묵례로 대답을 끝냈다.

"어이쿠, 여러분 들으셨소? 오늘밤 내가 운이 제일 좋답니다. 이거 오늘 기분 전환 단단히 할 모양이니 다들 각오들 하시오."

주형관은 너스레를 떨며 술을 돌렸다.

확실히 엊그제의 첫 인상과는 달랐다. 길모는 옆으로 한 걸음 비껴나 멤버들을 지켜보았다. 집요하게 화면에 꽂힌 그들의 눈을.

'정상적인 사람은 두 명…….'

주형관이 데려온 사람들의 관상을 꿰어본 길모가 고개를 저었다. 나머지 둘은 '사' 자 기질이 엿보였다. 사람 냄새가 아니라 돈 냄새만 나는 것이다. 원래 제대로 된 부자는 돈 냄새보다 사람 냄새를 풍긴다.

말하자면 그들은 이 순간, 돈에 눈먼 도박꾼에 다름 아니었다.

"자자, 너희들도 같이 놀자. 각자 누가 대상을 받을지 잘 봐두었다가 결선 진출자를 가리기 직전에 적어내는 거다. 맞추면 팁이 빵빵할 거고 틀리면 벌주를 받아야 한다."

주형관은 아가씨들까지 끌어들였다.

길모는 화면으로 시선을 돌렸다. 미녀 66명의 프로필이 뜨고 있었다.

관상으로 보는 대상 수상자와 미녀 선발대회 기준의 대상 수상자… 무엇이 다를까?

길모는 그게 궁금해졌다. 그래서 길모도 내심 대상을 가려내고 싶은 마음이 생겼다.

사실, 현대의 미녀와 관상의 여인상은 조금 달라졌다. 아니, 어쩌면 많이 달라졌다고 봐도 과언이 아니었다.

우선 관상이 말하는 좋은 여자의 기준을 보면,

1) 단아한 용모에 정이 가득한 여자.
2) 눈동자가 크고 검으며 바른 시선으로 앞을 보는 여자.
3) 얼굴이 둥근 느낌이며 살집이 있는 여자.
4) 언어를 단정하게 쓰는 여자.
5) 걸음걸이가 단정한 여자.
6) 오관이 바른 여자 등이다.

하지만 현대의 기준은,

1) 예쁜 여자.

2) 예쁜 여자.

3) 예쁜 여자다.

예쁘면 그만인 것이다.

그러고 보면 길모, 미인 대회가 아쉬웠다. 모든 것이 완벽한 여자를 뽑는 게 아니라 얼굴과 몸매가 중심이 되는 풍토이니 그건 진정한 미인이 아니었다.

길모는 일단 후보들의 관상부터 짚어나갔다. 그러다 문득 눈살을 찌푸렸다. 유사성 때문이었다.

눈! 코! 입! 턱!

그 네 가지를 보다 보니 고개가 저어졌다. 유사성이 너무 심했다. 심지어 몇몇은 자매라고 해도 될 만큼 얼굴 형태가 같았다. 유사한 성형 코스를 거친 것이다.

그 즈음에서 길모는 주형관에게 묵례를 하고 자리에 앉았다. 성형미인들……. 그들의 상을 제대로 보려면 성형 얼굴의 안을 들여다보아야 했다. 하지만 그들은 화면 안에 든 미녀들. 그만큼 공이 필요하다는 얘기였다.

길모는 마지막 한 후보까지 주목했다. 66명. 몰입한 길모에게도 결코 적은 인원이 아니었다. 그나마 몇몇은 여러 측면에서 확실하게 배제해도 될 거 같았기에 수고를 덜기는 했다.

네 남자는 길모보다도 더 바쁘게 움직였다. 후보들이 나올 때마다 나름 채점을 하고 메모를 하면서 실수를 놓치지 않으려고 애썼다.

그때였다. 미녀들을 한 번 더 점검하던 길모의 시선이 주형관에게서 멈췄다.

"⋯⋯?"

길모는 고개를 갸웃거렸다.

주형관! 그만 달랐다. 아무것도 하고 있지 않는 것이다. 아니, 정확히 말하면 숙회를 잔뜩 당겨 어깨를 껴고 술을 홀짝거렸다.

200억을 털리고 10억짜리 배팅판에 온 주형관.

기왕에 버린 몸이니 신경 쓰지 않는다는 것인가? 하지만 그건 아니었다. 그의 눈에 가득한 탐욕이 그걸 말해주고 있었다. 거기서 길모는 주형관의 속내를 간파하게 되었다.

'뭔가 있다!'

주형관.

그의 눈동자가 미세하게 흔들리고 있었다. 그리고 열기가 느껴졌다. 그 열기는 바른 기색이 아니었다. 네 남자가 돌아보면 그도 건성으로 뭔가를 끄적 적었다. 하지만 다른 멤버들에 비해서는 확실히 다른 태도였다.

미스한국 후보자는 자그마치 66명. 제아무리 미모를 보는 기준이 명쾌한 전문가라고 해도 한눈을 팔 수 없는 일이었다. 더구나 판돈이 무려 50억이 아닌가?

'그런데 느긋하다?'

처음에는 돈이 주는 배포인 줄 알았다. 예컨대 재산이 수천억, 수조가 있는 사람이라면 10억 정도에 올인할 필요는 없었다. 그건 300만 원 월급쟁이가 100원 동전 정도에 신경 쓰지 않는 것과도 통했다.

하지만 그의 말마따나 그는 지금 200억 털린 기분을 전환하기 위해 온 사람. 그 말은 곧 털리는 게 아니라 일방적으로 털어 보려고 왔다는 의미였다.

'으음⋯⋯.'

다소 난해한 상황에 길모는 조금 더 집중했다.

미인 대회, 알고 보면 말도 많고 탈도 많은 대회다. 어떤 대회들은 사전에 공모를 해서 대상자를 뽑아둔 채 남은 후보들을 들러리로 세우기도 했고, 스폰서나 주최자가 입상을 미끼로 성접대를 받아 물의를 빚기도 했다.

그렇다면⋯⋯.

'짜고 치는 고스톱이 가능하다는 얘기!'

생각이 거기에 닿자 길모의 시선이 심사위원에게로 옮겨갔다.

'젠장!'

심사위원도 많았다. 자그마치 열한 명이나 되는 것이다. 게다가 화면은 그들을 자주 잡아주지 않았다. 화면을 눈 빠지게 바라보다 낯익은 사람도 발견했다. 에뜨왈의 이 실장이었다. 그 뒤로 송송 엔터테인먼트의 문 사장도 보였다.

둘 다 심사위원석 바로 뒤에 포진했다. 심사는 아니지만 귀빈으로 초청을 받은 모양이었다.

길모는 자리를 털고 일어섰다. 후보들의 품평에 바쁜 멤버와 주형관은 길모가 나가는 걸 문제 삼지 않았다.

"장호야!"

복도로 나온 길모가 장호를 불렀다.

[예.]

"지금 미스한국 선발대회 중계하는 거 알지?"

[그럼요. 왜요?]

"거기 심사위원들 나오던데 그 얼굴만 좀 캡처할 수 있겠냐?"

[문제없죠.]

"가능한 최대한으로 해와라. 한 명도 빠뜨리지 말고."

[미녀들이 아니고 심사위원으로요?]

장호가 물었다.

"그래. 심사위원들!"

길모는 심사위원을 힘주어 강조했다.

장호는 곧 지시를 받들었다. 마침 5번 룸이 잠시 비어 있던 차. 길모는 노트북을 들고 그곳을 찾아들었다. 그런 다음 심사위원들 얼굴을 하나하나 짚어가기 시작했다.

'웃!'

몇 명을 짚어나가던 길모, 마침내 공통분모를 발견하게 되었다. 그들 중 다섯 명이 주형관의 상에서 본 것과 비슷한 기색을 보인 것이다.

그렇다면?

'매수했군.'

결론은 어렵지 않았다.

하나하나 공들여 확인하자 돈 먹인 증거가 나왔다. 다섯 심사위원들은 어제와 오늘에 거쳐 각기 2천만 원씩의 돈이 들어왔다.

혹시나 심사비일까 싶어 미스한국 심사비를 검색했다. 심사비는 있었지만 2천만 원은 아니었다. 더구나 일부는 그들 직종을 대표해 무보수 명예직으로 참가한 사람들. 이쯤 되니 주형관의 느긋함의 정체를 알 것 같았다.

심사위원은 열한 명. 그 중 다섯 명을 돈으로 매수. 게다가 남은 여섯 명도 차후 보상을 보장했을지, 혹은 지인이라 부탁을 날렸을지 알 수 없는 일이었다.

"장호야!"

[예, 형…….]

다시 장호가 불려왔다.

"너 윤호 좀 오라고 하고 가서 돈 좀 찾아와야겠다."

[돈이오? 얼마나요?]

"10억."

[에, 10억요? 이 밤에요?]

"그래. 왜?"

[으아, 은행이 다 문 닫았는데 어디 가서 10억을 찾아요?]

"그게 뭐 어렵다고. 이리 가까이 와봐라."

길모는 장호의 귀에 대고 몇 마디를 속삭였다.

장호가 나가자 윤호가 들어왔다. 길모는 그 귓전에도 몇 마디를 속삭여 주었다. 윤호는 눈을 동그랗게 뜨더니 재빨리 뛰어나갔다. 곧이어 주차장을 흔드는 오토바이 소리가 들렸다.

바다다당!

윤호의 애마가 튀어나가는 소리를 들으며 길모는 전화기를 꺼내 들었다.

길모가 다시 별실로 돌아왔을 때 룸 안의 삼매경은 극치에 도달하고 있었다. 다들 자기만의 기준으로 계산기를 두드리는 모습이었다. 그때 진행자의 멘트가 새어 나왔다.

―이제 영광의 12명 본선 진출자를 가릴 순간이 다가왔습니다.

그러자, 주형관이 묵직하게 한마디를 던졌다.

"다들 결과를 제출하세요!"

네 멤버는 생각을 정리한 후에 메모지를 밀어놓았다. 주형관은 마지막으로 메모지를 올렸다. 다들 엎어진 메모지. 저들 중에는 탈락자도 있을 판이었다.

"너희도 콜 해라."

주형관이 숙희를 바라보았다. 아가씨들 역시 자기 마음에 점찍은 대상후보자를 적은 쪽지를 한쪽에 모아 내밀었다.

"홍 부장은 기권인가?"

주형관이 의기양양한 표정으로 길모를 바라보았다.

"정말 제가 끼어도 괜찮겠습니까?"

길모가 물었다.

"당연히 끼어야지. 당신은 저거 못 맞추면 사기 관상쟁이야."

주형관이 은근 압박을 날려왔다.

"거기 네 분도 동의하십니까?"

길모, 네 명의 멤버에게 동의를 구했다.

"우리야 뭐 판이 클수록 고맙지. 하지만 홍 부장이 10억이 있으려나?"

국 사장이 대표로 의견을 개진해 왔다.

"10억 없으면 되는 대로 걸라고. 만에 하나 홍 부장이 맞추면 그 비율에 맞춰 먹으면 되니까."

주형관이 기다렸다는 듯이 정리를 해주었다.

"아닙니다. 기왕 하는 거, 더구나 제 별실을 찾아주신 손님들이니 격에 맞춰 똑같이 걸겠습니다."

"10억 현찰이 있단 말인가?"

주형관이 물었다.

"장호야!"

길모, 아주 느긋하게 복도를 향해 소리쳤다. 그러자 장호가 자루 하나를 들고 입장했다. 장호가 열어 보인 자루 안에는 5만 원권 다발이 수북하게 쌓여 있었다.

"오호, 홍 부장, 이제 보니 재력가였군. 하긴 텐프로 아무나 하나?"

주형관의 입가에 흐뭇한 미소가 스쳐 갔다.

"재력가는 아닙니다만 마침 손님 중 한 분이 맡겨둔 돈이 있길래……."

"그럼 공금 유용 아닌가?"

"사장님이 제 룸에서 기분이 상했다니 이렇게라도 기분을 맞춰드려야지요."

길모는 공손히 추형관의 비위를 맞췄다.

"에이, 그건 좀 아닌 거 같군. 이보시게. 정 끼고 싶으면 한 1억 정도만 하시게."

국 사장이 나서 길모의 입장을 고려해 주었다. 그러자 주형관이 다시 교통정리에 나섰다.

"여러분, 이거 홍 부장이 오늘 우리를 위해 무리를 하는군요. 이거 아무래도 예가 아닌 것 같아 제가 제안하는데 만약 홍 부장이 대상자를 맞추고 우리가 지면 내가 보너스로 여기 걸린 판돈 전부에 해당하는 금액을 홍 부장에게 주겠습니다. 그 정도라면 홍 부장을 끼워도 되겠지요?"

"어머, 그럼 만약 부장님이 대상자를 혼자 맞추면 100억을 먹는 거네?"

아가씨들이 웅성거리기 시작했다.

"뭐 그 정도라면 홍 부장도 크게 손해 보는 일은 아니겠군."

길모를 배려하던 국 사장이 큼큼 헛기침을 하며 물러섰다.

미스한국 대상 수상자 맞추기 배틀!

이제 길모까지 합쳐 여섯 명이 된 멤버들. 길모는 맨 마지막으로 메모장을 던져 놓았다. 죄송하지만 두 배를 보장한다는 약속장을 써달라는 정중한 부탁과 함께.

―그럼 지금부터 본선 진출 12명을 호명하겠습니다. 먼저 4번 후보, 7번 후보, 9번 후보, 29번 후보… 마지막 한 명은……. 아, 저도 긴장되네요.

진행자의 말이 끝나기도 전에 멤버 두 명의 얼굴이 구겨졌다. 그들이 찍은 후보가 결선에 오르지 못한 것이다.

―마지막은 57번 후보!

57번!

긴 생머리를 휘날리며 그녀가 무대 앞으로 나와 미소를 터뜨렸다. 그와 동시에 두 멤버가 자리를 털고 일어섰다. 국 사장도 거기 끼어 있었다. 말하자면 그들도 1차 탈락이었다.

"자, 틀린 아가씨들은 입 꾹 다물고 술잔을 받아라."

주형관이 술잔을 내밀었다. 양주잔이 아니고 물 잔이었다. 틀린 아가씨도 둘. 둘은 꼼짝없이 양주잔을 받아 들었다.

"원샷이다. 못 마시면 나와서 수영복 벗고 춤 한 번 춰도 좋고……."

주형관이 술을 따르자 아가씨들은 원샷을 해버렸다.

"그럼 지금부터 영광의 결선을 시작하겠습니다."

다시 미스한국 진행자의 멘트가 주의를 환기시켰다.

만만치 않았다.

본선에 올라온 만큼 두어 명을 제외하고는 나름 포스를 뿜어대는 최종 후보들. 그녀들은 수영복 사이로 감춰진 여체의 신비를 무기 삼아 그녀들만의 매력을 한껏 발산하기 시작했다.

주형관은 여전히 느긋했다. 가끔은 숙희의 몸매를 더듬기도 하면서, 또 가끔은 화면에 몰입하기도 하면서 그는 정말 이 배틀을 만끽하고 있었다.

길모는 언젠가 들었던 화투의 '탄'을 떠올렸다.

탄!

소위 전문가들이 표시를 해둔 화투를 가리킨다. 이 화투에는 그들만의 표시가 나있다. 그건 사람의 눈으로는 보이지 않는다.

어떤 패들은 형광물질을 묻혀 안경을 통해 보기도 했고, 또 어떤 패들은 원격장치로 패를 읽어 들여 도청기나 진동으로 타짜에게 전하기도 했다.

최고의 패를 쥐고 있다는 것!

그건 어디서나 위안이 될 수밖에 없었다. 예를 들어 38 광땡을 잡았다면 상대가 어떤 패를 잡건 겁날 게 없는 것이다.

그사이에 장호가 두 번이나 들어왔다 나갔다. 사태가 심상치 않음을 알고 있는 그 역시 표정이 굳어 있었다. 그때마다 길모는 장호에게 윙크를 해주었다.

여기는 관상왕의 새로운 왕국!

그 홈그라운드에서 참상 따위는 맞고 싶지 않은 게 길모의 바람이었다. 동시에 하나의 즐거움이자 도전이기도 했다.

'맞출 수 있을까?'

길모는 궁금했다. 사실, 그쪽이 주형관의 못된 심보를 눌러주고 싶은 마음보다 컸다. 물론 방향은 같았다. 길모가 대상자를 맞춘다면 당연히 주형관을 누르게 되기 때문이었다.

아홉 명, 열 명…… 그리고 마침내 열두 번째 후보가 나와 인터뷰와 장기자랑을 끝냈다. 그녀의 승부수는 마술이었다. 아무것도 없던 손 안에서 장미를 꺼내 든 것이다.

—이 장미처럼 화려하게 대상을 받고 싶어요!

그녀는 장미 같은 미소로 멘트를 마감했다. 그런 그녀의 인당과 관골에 길모의 시선이 오래 머물렀다.

—그럼 잠시 공연을 감상하시고 올해 대한민국 대표 미녀 미스한국의 입상자들을 발표하겠습니다.

진행자가 멘트를 할 때 주형관의 입이 열렸다.

"자, 우리도 마무리를 합시다."

마무리!

마지막 후보자를 적어내라는 뜻이었다.

주형관 앞의 두 남자. 긴장하는 빛이 역력했다. 이제 후보자의 번호 하나가 수십억의 향방을 가를 참이었다.

"홍 부장도 적었나?"

주형관이 길모를 바라보았다. 길모는 두툼한 메모지를 들어 보였다.

"행운이 있길 바라네!"

주형관은 그 말과 함께 자기 메모지를 테이블 가운데에 밀어놓았다.

네 장의 메모지!

두 남자는 목이 탔던지 술잔을 거푸 들이켰다. 이제 운명의 화살은 시위를 떠났다. 과녁에 적중하느냐 마느냐의 결정만 남은 셈이었다.

─여러분, 오래 기다리셨습니다. 그럼 지금부터 시상을 맡아주실 귀빈 여러분을 소개해 드리겠습니다. 먼저 우정상은 에뜨왈의 이만길 이사님이 수고해 주시겠습니다.

진행자의 호명과 함께 이 실장이 자리에서 일어섰다.

짝짝짝!

이 실장은 박수와 함께 단상으로 올라와 좌중을 향해 인사를 올렸다. 이제 보니 심사위원이 아니라 시상자로 초대를 받은 모양이었다.

최종 입상자는 모두 여섯 명. 그러니까 본선 진출자 중에서 절반이 떨어지는 형식이었다.

　그렇게 세 명이 입상을 했다. 그사이에 남자 하나가 인상을 구기고는 자리를 털고 나갔다. 그가 깐 메모의 번호는 7번. 입상자의 마지막이 7번이었다.

　"어우, 나도 7번 찍었는데……."

　아가씨들 사이에서도 탄식이 흘러나왔다.

　이제 남은 여자는 셋이었다.

　대상인 1등과 2등, 그리고 3등이 남은 것이다.

　―영예의 3위는…….

　3위…….

　66명이 겨룰 때라면 꿈의 입상. 그러나 딱 세 명만 남은 가운데 호명된 3위는 김이 빠질 수밖에 없었다. 그렇기에 수상자 역시 크게 기쁜 얼굴은 아니었다. 동시에 마지막 남은 남자가 일그러진 얼굴로 패를 깠다. 그의 패는 4번이었다.

　"에이, 둘 다 4번보다 못한데……. 이거 주최 측의 농간 아니야?"

　남자는 술병 채 목을 축였다. 그러는 동안에 잠시 나갔던 세 남자가 모두 돌아왔다.

　"뭐야? 주 사장 하고 홍 부장이 남은 거야?"

　국 사장이 물었다.

　"홍 부장, 제법이네?"

　주형관이 길모를 바라보았다.

　"운이 좋았던 거죠, 뭐."

"설마 저것도 관상보고 고른 거야? 아니면 아가씨들 부린 경험이야?"

"저야 오로지 관상입니다."

"그럼 여기서 우리가 먼저 패를 깔까? 어차피 자네하고 나하고 둘만 남았으니……."

주형관이 뜻밖의 제의를 해왔다.

"오, 그거 좋은 생각입니다. 우리도 궁금하니까 패부터 까시지요."

다른 멤버들도 동조를 하고 나섰다.

"좋으실 대로 하시죠."

길모가 동의했다.

"야, 네가 까라."

주형관이 숙희 등을 밀었다. 숙희는 수영복 차림으로 일어나 두 메모지를 뒤집었다.

29번! 주형관의 선택이었다.

57번! 이건 길모의 선택이었다.

물론 섹시한 맛은 29번이 나왔다. 그런데 무개성, 천박하게 섹시했다. 게다가 거의 다 손을 댄 얼굴이었다. 그에 비하면 57번은 거의 자연산. 그녀는 손댄 곳이 거의 없었다. 따라서 자연미는 엿보이지만 요즘 대세를 이루는 섹시미는 부각되지 않았다. 꽃으로 치면 29번은 붉은 모란이요 57번은 하얀 목련이었다.

"에이, 이거 주 사장님이 이겼네. 29번 저 애… 처음에는 약간 거부감이 있었는데 몇 번 보니까 알게 모르게 땡기는 맛이 있어요. 하지만 57번은 좀 밋밋한데, 집안이 빵빵한가? 어떻게 결선까지 올라왔는지……. 내가 고른 4번만도 못해 보이는데 말이야."

테이블의 끝에서 한 멤버가 초를 치고 나왔다.

'그럴 수도…….'

길모는 개의치 않았다. 길모는 어쩌면 그 자신과 배팅을 하고 있는지도 몰랐다. 미인 대회가 아니라 관상을 보고 있는 것이다. 그리고 길모가 보기에는 57번의 오늘 운이 가장 좋았다. 그녀의 명궁과 인당, 심지어는 관골까지도 맑은 기운이 한가득이었다.

결정적으로 57번은 숫처녀였다. 66명 출전자들 중에서 딱 네 명이었던 숫처녀. 그들 중 하나가 57번인 것이다. 물론, 숫처녀는 미인 대회 입상의 기준하고는 아무 상관이 없었다. 하지만 누구의 손도 타지 않고 막 만개한 순수한 꽃. 그보다 아름다운 꽃이 어디 있을까?

관상이냐! 미인 대회의 룰이냐!

길모의 눈은 최종 판정을 적은 종이를 받아 든 진행자에게로 꽂혀갔다.

—올해 대한민국 최고의 미인은!

진행자의 멘트가 긴장감을 한없이 끌어올렸다.

—29번!

"……!"

29번이 호명되자 주형관의 엉덩이가 들썩거렸다. 입도 절반은 찢어졌다. 하지만 곧 김이 빠졌다. 진행자의 또 다른 멘트가 이어졌기 때문이었다.

　—그리고 57번, 두 분 다 앞으로 나와 주세요.

마지막 후보들이 무대 중앙으로 걸어 나왔다.

　—이 두 분 중에 당연히 올해의 최고 미인이 있습니다. 두 분
긴장되시죠?

진행가가 무대 가운데로 나와 최종 후보들을 인터뷰했다. 그
러자 주형관의 짜증이 웅얼거림으로 새어 나왔다.

　"뭐야? 빨리 발표나 하지……."

그사이에 길모는 마지막으로 두 후보의 상을 확인했다.

　'다른 건 몰라도 관상학적으로는…….'

길모는 흔들리지 않았다. 이제는, 자신의 신념을 위해서 10억
이 털린다고 해도 감수할 용의가 있었다.

　—자, 두 분 인터뷰 잘 들었고요, 그럼 이제 진짜 올해의 최고
미인을 발표하겠습니다.

진행자가 객석을 향해 돌아서자 장내에는 침묵이 오롯이 내
려앉았다.

　—그럼 먼저 대상자를 발표하겠습니다. 그렇게 되면 남은 사
람은 자연스럽게 2등이 되는 겁니다. 알겠죠?

진행자, 속이 타들어가는 두 후보자를 향해 또 한 번의 헛발
질을 날렸다.

　"아, 저것들은 꼭 저럴 때마다 속 타게스리……."

다시 멤버 하나가 짜증을 섞어놓을 때 진행자의 발표가 이어
졌다.

　—올해의 미스 한국, 그 영예의 수상자는 57번 미스 경기에게

돌아갔습니다!

와아아아!

짝짝짝!

박수와 함성, 그리고 그 자리에 주저앉아 울음바다를 터뜨리는 57번 후보자.

"......!"

그런 반면, 별실 룸의 멤버들은 전부 얼굴이 일그러지고 있었다. 물론 그중에서도 가장 심각한 사람은 주형관이었다.

"말, 말도 안 돼……."

주형관은 거의 기절 직전이었다. 승리를 확신하던 자의 비애일까? 그건 아니었다. 다른 사람은 몰라도 길모는 그의 좌절에 가까운 낭패감의 정체를 알고 있었다.

"주 사장님……."

네 멤버가 주 사장을 바라보았다. 이렇게 되면 게임을 즐기는 게 아니라 엉뚱하게도 웨이터 배를 불린 셈. 게다가 주형관은 길모에게 두 배의 보너스까지 약속하지 않았던가?

어둠이 내린 밖으로 뛰어나온 주형관은 미친 듯이 전화를 걸어댔다. 그 목소리 또한 흥분할 대로 흥분한 높이였다.

"야, 이 새끼야. 너 대체 뭐하는 놈이야? 내 돈 받아 처먹고 무슨 짓을 한 거야?"

"너 뭐야? 왜 결과가 이렇게 나왔어?"

"너 이 자식, 뒈지고 싶어? 양다리 걸친 거냐?"

거는 전화마다 욕설이 튀어나왔다. 길모는 벽에 기대 그 통화를 고스란히 듣고 있었다. 길모의 예상대로였다. 그는 심사위원을 매수했던 것.

그런 다음에 지인들을 불러 배틀을 벌였다. 푼돈을 투자하고 거액을 먹으려던 속셈은 길모의 관상에 막혀 버렸다. 덕분에 불과 수일 만에 또 60억을 털린 그였다.

한참 만에 돌아온 주형관은 남은 술을 거푸 마셔댔다. 그와 함께 온 멤버들은 모두 돌아간 후였다. 룸에는 길모와 주형관, 그리고 숙희만 남아 있었다.

"이봐, 홍 부장!"

얼굴이 잔뜩 상기된 주형관이 길모를 불렀다.

"예, 사장님!"

"완전 죽 쒀서 개줬어."

'개?'

길모의 귀가 바짝 섰다. 참으로 거슬리는 단어였다.

"자네하고 나하고는 상극인 모양이군. 관상으로도 그런가?"

"엊그제 치킨게임 때문이시라면 그건 사장님 잘못입니다."

"어째서?"

"제 조언을 받아들이지 않았으니까요."

"빌어먹을!"

주형관이 술잔으로 테이블을 내려쳤다.

"아픈 데 건드리지 마. 그렇잖아도 자네가 권한 친구에게도 10억을 주고 종목을 고르게 해봤어. 그랬더니 빌어먹게도 그놈으로 내세웠더라면 내가 이겼겠더군."

"……."

"그러니까 나한테 강요라도 했어야지. 무조건 그놈에게 걸라고!"

주형관이 소리쳤다. 그의 왜곡된 심상이 폭발하고 있는 것이다. 길모는 혼자 고개를 끄덕였다. 주형관은 오장국을 이길 수 없었다. 이런 심상이라면…….

"좋아. 그건 그렇다고 쳐. 그런데 오늘은… 오늘은 내가 질 수 없는 게임이었어. 그런데 어떻게 자네가?"

주형관의 시선이 길모에게 올라왔다.

"같은 이유입니다."

"같은 이유?"

"관상 위에 심상이 있습니다. 거기까지 말씀드리면 이해하시겠지요."

"무슨 이해?"

"답은 사장님의 마음에 있다는 뜻입니다."

"내 마음?"

"요 며칠 사이의 일은 사장님에게 약이 될 겁니다. 관상을 보니 사장님은 이 정도로 무너지지 않습니다. 그러니 대인답게 흔쾌히 받아들이시고 원래의 평상심으로 돌아가십시오. 그럼 그리 오래지 않아 다 회복이 될 겁니다."

"허어, 이젠 내가 젊은 관상 웨이터에게 훈계까지 듣는군. 역시 이런 미신 따위는 믿는 게 아닌데…….'"

주형관은 빈정거림을 두고 일어섰다. 하지만 길모의 손이 그를 막았다.

"뭐야?"

"게임이 정리되지 않았습니다."

"무슨 소리야? 돈 가방은 자네가 맡았으니 다 가지면 될 것을!"

"이거 말입니다."

길모는 그의 코앞에 약속증서를 내밀었다.

50억!

거기 쓰여진 글자가 반짝거렸다.

"이걸 받겠단 말인가? 내 덕분에 50억을 먹어놓고?"

주형관의 눈이 불꽃을 뿜었다.

"솔직히 말씀드리면 저는 오늘 불쾌했습니다. 이 별실 룸을 도박장으로 쓸 생각은 추호도 없었으니까요. 하지만 사장님 체면을 고려해 참았습니다. 그래서 결정하기를 이 돈은 사장님과 아까 그 사장님들 이름으로 기부를 할 계획입니다. 그렇게 되면 사장님들은 여기서 도박을 한 게 아니라 재미삼아 내기를 하고 그 돈으로 선행을 베푼 결과가 되겠지요."

"......?"

"딱히 돈을 받고 싶지는 않지만 이 또한 사장님의 명예와 신용에 관계되는 일 아닙니까? 설마하니 사장님이 웨이터에게 50억을 빚지고 있다는 소문을 듣고 싶지는 않겠지요?"

길모는 눈빛 하나로 주형관을 윽박지르고 있었다. 공손한 말투에 단정한 태도, 하지만 눈빛만은 주형관을 옭아매고도 남을 정도로 힘을 뿜고 있었다.

"제기랄!"

결국 주형관은 50억을 내줄 수밖에 없었다.

"아직 하나가 남았습니다."

일그러진 얼굴로 나가던 주형관을 길모가 또 막아섰다.

"또 뭐?"

"아가씨들 말입니다. 저기 아가씨도 57번을 맞췄더군요. 팁을 약속하신 걸로 아는데……."

그 말을 들은 주형관은 지갑을 열어 안에 든 수표를 전부 뽑아 들었다.

"가지라고. 가져!"

그가 숙희의 수영복 안에 쑤셔 넣은 돈은 모두 4,800만 원이었다. 홧김에 뿌리고 간 것이다.

"부장님……."

수영복 위에 옷을 하나 걸친 채 주형관을 배웅한 숙희, 가만히 길모를 바라보았다.

"왜?"

"정말 대단해요."

"뭐가?"

"다요, 전부 다……."

"가서 옷이나 갈아입어라. 저기 길 건너 변태들이 동영상 찍고 있잖아?"

그 말과 함께 길모는 윤호에게 턱짓을 했다. 신호를 받은 윤호가 길가의 취객들에게 달려갔다.

"저 별실 룸의 퀸이 되기 위해 더 노력할게요. 여기 아가씨들이 진심으로 인정하는 퀸이 되기 위해……."

"너는 누가 뭐래도 이미 내 룸의 퀸이야. 물론 더 노력하면 좋겠지만……."

"이 돈은 같이 기부해 주세요. 부장님이 헤르프메라는 곳에
기부하는 거 나도 알아요."

"진심이야?"

길모가 물었다. 그녀가 받은 팁은 자그마치 4,800만 원. 길모
가 오늘 거둬들인 돈에 비하면 작았지만 팁으로 치면 기록적인
액수였다.

"같이 들어온 애들 주게 이것만 뽑을게요."

그녀가 뽑아 든 건 500만 원짜리 수표였다. 가식적인 건 아닌
것 같아 길모는 그녀의 마음을 받아들였다.

"형, 그 인간들 땍땍거리면서 잡아떼길래 죽통 몇 대 날려주
고 동영상 지우고 왔어요."

윤호가 다가왔다.

"오늘 수고가 많았다."

길모는 윤호의 등을 쳐 주었다.

"뭘요. 덕분에 간만에 오토바이 좀 땡겨본 걸요."

윤호가 웃었다.

윤호는 아까 전속력으로 방송국에 다녀왔다. 길모가 특별지
시를 내렸던 것이다. 지시는 다름 아닌 쪽지였다. 주형관에게
돈을 먹은 것 같은 심사위원들에게 전하는…….

검찰이 눈치를 챈 모양이오. 공정하게 하시오!

쪽지의 내용은 간단했다. 심사위원석에서 쪽지를 받아 든 사

람들. 길모는 윤호의 쪽지가 성공적으로 전달되었음을 그들 관상을 보고 알았다. 얼굴 가득하던 화색이 사라지고 검푸른 기색이 비쳤던 것이다.

윤호의 성공에는 이 실장의 도움이 있었다. 그 덕분에 윤호가 심사위원들에게 접근할 수 있었다.

별실 룸에 들어서니 장호와 혜수가 기다리고 있었다.

"부장님……."

촉이 빠른 그녀는 이미 정황을 들은 모양이었다. 우려와 안도가 뒤섞인 목소리가 그걸 증명하고 있었다.

장호 뒤의 테이블에는 현금을 담은 자루가 수북해 보였다. 미스 한국 배틀에 걸렸던 판돈이었다.

[난 간이 떨려서 조마조마했는데…….]

장호가 가슴을 쓸어내렸다. 판돈 10억 때문이었다. 이 야심한 밤에 어딜 가서 10억을 찾을 것인가? 현금인출기를 돌다가 밤이 샐 지경이었다. 그래서 생각한 게 그들이 건 판돈을 잠시 빌리는 것. 승부에 혈안이 된 그들이었기에 확인하자고 나오지 않은 게 다행이었다.

"자, 그럼 폼 나게 기부 좀 해볼까?"

길모는 보란 듯이 자리에 앉아 전화기를 뽑아 들었다.

"어이, 노 변, 나 홍 부장인데…….."

통화하는 길모의 목소리는 한없이 밝았다.

"어우, 저 배포…….."

혜수는 고개를 흔들며 1번 룸으로 돌아갔다. 그 뒤를 이어 들어선 게 홍 마담이었다.

"홍 부장!"

"왜요? 룸에서 나 찾아요?"

"아니, 의견이 하나 있어서."

"말씀해 보세요."

"이 방에서 미스 한국 내기가 있었다면서?"

"그게 벌써 소문이 났어요?"

"내가 숙희 쪼아서 알아봤어. 애들은 입단속 했으니까 걱정 말고……."

"그래서요?"

"거기 예선에 떨어진 애들 말이야, 몇 명 데려오면 어떨까?"

"예?"

"서 부장님 2호점으로 독립하면서 민선아하고 에이스들이 좀 빠졌잖아? 미스 한국에 나온 애들 중에서 빛 못 보는 애들 한둘 이겠어?"

"오, 그거 굿 아이디어인데요?"

"그렇지?"

"맞아요. 내가 그 생각을 못 했네요."

"관상 봤지?"

"예?"

"빨리 말해봐. 숙희가 그러는데 홍 부장이 대상자까지 맞췄다며? 그럼 후보자 전부 관상 봤다는 얘기 아니야?"

"그, 그러네요?"

"그중에서 우리 가게에 어울리는 애들 좀 뽑아줘. 일단 내 가 우아하게 접근해서 컨택해 볼게. 그리고 안 되면 홍 부장이 출동!"

"알았어요. 내가 정리해서 나중에 드릴게요."

"마이낑은 얼마까지?"

"그것도 메모에다 따로 첨부할게요."

"알았어."

홍 마담은 엉덩이를 흔들며 나갔다.

미스 한국 후보자 픽업!

괜찮은 아이디어였다. 에이스는 많을수록 좋았다. 더구나 홍
마담 말처럼 모든 미인대회 참가자들이 연예인이 될 것도 아닌
일. 일부는 엉뚱한 인간들 만나 몸 버리고 인생까지 망치는 판
이니 이쪽에 어울리는 사람이라면 공급해 오는 것도 좋을 것 같
았다.

'어휴, 일이 점점 느는구나?

그 많은 후보자들의 관상을 다시 재생할 생각을 하니 어깨가
뻐근해 왔다. 그래도 나쁘지는 않았다. 이 모든 게 길모 자신의
일이기 때문이었다.

＊　　　＊　　　＊

새벽녘, 길모는 서 부장의 2호점으로 출장을 갔다. 새로 온 큰
손이 부득 길모 보기를 원했기 때문이었다. 마침 마지막 손님이
계산을 마친 터라 장호의 오토바이에 몸을 실었다.

[출발요?]

"그래, 미치게 땡겨 봐라."

[그럼 갑니다!]

바당바당바다당!

장호의 오토바이가 몸살을 앓으며 달려 나갔다. 바람이 길모의 온몸을 씻으며 지나갔다. 시원했다. 몸에 붙은 알콜이 다 날아가는 것만 같았다.

"홍 부장입니다!"

제2의 카날리아에 들어선 길모는 손님에게 인사부터 올렸다.

"어이쿠, 이거 영광입니다. 너무 늦은 시간이라 안 오실 줄 알았는데……."

50대의 손님은 반색을 했다.

'숙은 눈썹에 귀가 붙은 사람…….'

서자일 가능성이 높은 손님이었다. 나아가 어깨가 높으니 빈주먹으로 큰 재물을 이루었다. 그러나 인중에 수염이 거의 없어자녀가 없을 상에 남의 뒤치다꺼리를 하면서도 공치사를 듣지못할 상이었다. 그러나 눈, 코, 입이 큼지막하고 어깨와 목의 근육이 튼실하니 한 우물만 파는 성격으로 보였다.

그 역시 새로운 사업 진출을 꾀하고 있어 길모의 조언이 필요한 모양이었다.

"그쪽보다는 한길로 가시는 게 좋을 듯합니다."

길모는 단정한 목소리로 말했다. 그 신뢰를 높이기 위해 사전에 그의 행적에 대해 몇 가지 맞추는 것 또한 잊지 않았다. 그중의 하나가 바로 근육질의 몸이었다.

"상학에서는 근육이 뛰어나게 발달한 것도 좋게 보지 않습니다. 지나친 근육의 각은 조금 부드럽게 관리하면 더 좋은 일이 생길 겁니다."

"어이쿠, 관상에 그런 것도 나옵니까? 난 또 근육질이면 무조건 좋은 줄 알았는데……."

남자가 뒤통수를 긁었다.

관상을 마치고 나오니 날이 밝고 있었다.

"장호야, 어디 가서 오붓하게 해장국이라도 먹고 갈까?"

길모가 오토바이 앞에서 물었다.

[우리 둘이요?]

"자식, 그럼 우리 둘이지 여기 누가 더 있냐?"

[으아, 나야 그럼 대박 찬성이죠.]

"땡겨라. 가까운 국밥집으로!"

[옛썰!]

장호는 바로 시동을 걸었다.

국밥을 먹고 카날리아로 돌아오니 아침이 훤하게 밝아왔다. 오토바이를 세우기 무섭게 혜수가 뛰어나왔다. 분위기를 보니 거의 다 퇴근을 한 모양이었다.

"왜 그렇게 전화를 안 받아요?"

"전화?"

"몇 번을 걸었는데. 서 부장님은 거기서 나간 지 한참 되었다고 하고……."

혜수가 눈자위를 구겼다.

"미안, 배터리가 아웃되었네."

그제야 핸드폰을 확인한 길모가 멋쩍게 대답했다.

"별실 룸에 가봐요. 아까부터 노 변호사님이 기다리고 있어요."

"노 변이 왜?"

"내가 알아요? 오빠, 아니, 부장님 봐야 한다고 왔는데 연락이 되어야 말이죠."

'뭐야? 뭐가 잘못되었나?'

길모는 고개를 갸웃거리며 별실 문을 열었다.

"이어, 홍 부장! 바쁘네?"

"웬일이야? 우리처럼 부엉이과도 아닌 사람이?"

"부엉이과가 따로 있나? 밤에 날아다니면 부엉이지."

"뭐 잘못되었어?"

"응!"

길모가 묻자 은철은 기다렸다는 듯이 대답했다.

"뭐가?"

"승아 씨하고 장호 씨 수술!"

"안 된대?"

길모, 앞서 달려든 실망감에 목소리가 낮아졌다.

"응!"

"젠장!"

길모는 자신도 모르게 벽을 쳐 버렸다. 둘 다는 바라지도 않았다. 승아와 장호, 둘 중 하나라도 목소리를 찾을 수 있으면 얼마나 좋을까? 그런데 그 바람이 보기 좋게 빗나간 것이다.

"뭐야? 홍 부장답지 않게."

"나다운 게 뭔데? 내가 어려울 때부터 같이 있던 동생들인데 해줄 수 있는 게 아무것도 없잖아?"

길모의 목소리가 높아졌다.

"어이구, 저 욕심하고는……. 그래도 한 명은 된다니 그렇게까지 미안해할 필요는 없잖아?"

"뭐라고?"

길모가 화들짝 고개를 들었다.

"지금 뭐라고 그랬어?"

"한 명은 된다고."

"조금 전에는 안 된다며?"

"한국말 끝까지 들어야지. 내 말은 둘 다는 안 된다는 거였다고."

"정말?"

"그래. 절반은 미안해. 그쪽에서도 관련 전문가들이 전부 모여서 논의를 했는데 한 사람은 너무 늦어서 불가능하다네."

"그럼 누가 되는 거야?"

길모의 입이 조심스레 열렸다.

제3장

머리 없이 그리는 몽타주

길모의 뇌리에 두 사람이 어지럽게 스쳐 갔다. 승아는 소녀 가장이다. 그것도 캄보디아에서 건너온. 오직 가족을 살리기 위해 나이 먹은 한국 남자에게 팔려(?)왔다. 그러나 그 개는 천사표 승아에게 폭행과 욕설을 일삼았다. 그저 욕망의 배설구로 취급한 것이다.

그 모진 서러움을 그녀는 가족과 동생들을 위해 참으며 한국어를 배웠다.

그 악마 같은 남편의 손에서 벗어나 술집으로 왔다. 그녀 자신도 지쳐 있었지만 속사정을 모르는 캄보디아의 가족들에게 보낼 돈이 필요했다.

상황은 신통치 않았다. 작은 체구에 말 못 하는 장애인. 곁다리로 테이블에 끼지 않고서는 지명이 확보되지 않았다. 결국 길모의 진상 처리팀에 합류했다. 그 기묘한 인연…….

기묘함으로 치자면 장호 또한 만만치 않았다. 불량배들에게 당하고 살던 장호. 그러다 길모와 인연이 되어 길모의 보조로, 동생으로, 동거인으로 살아온 수많은 시간. 길모가 굶으면 같이 굶었고 길모가 아프면 같이 아파했다.

그런데 야속하게도 한 명이라니…….

"누구야?"

길모가 다시 물었다.

"관상 안 봤어? 보면 누군지 알 거 아냐?"

은철도 선뜻 대답하기 곤란한 눈치였다.

"그런 건 관상 안 봐. 관상으로 고칠 수 있으면 진작 고쳐 줬지."

길모는 목소리가 빡빡해지는 걸 느꼈다. 빌어먹을 감정이 북받치고 있는 것이다.

"관상이야. 아니라고는 못 하지."

"뭐가?"

"그 친구들에게 목소리를 찾을 기회가 돌아간 거. 홍 부장 관상이 맞다고."

"어째서?"

"홍 부장의 관상이 없었다면 이런 기회가 왔겠어? 그러니 어차피 관상으로 시작된 일이 맞아."

"……."

길모는 대답하지 못했다. 그렇게 따지면 틀린 일이 아니었다.

"말장난하지 말고 말해 봐."

"아, 젠장……."

"어서!"

"……."

"노 변!"

"최장호! 됐어? 최장호 씨가 그나마 가능성이 있대. 그것도 100%는 아니라고!"

"장호……."

"나 간다. 자칫하다간 한 대 얻어맞을 것 같네. 아침에 스케줄도 밀렸고."

"노 변!"

길모, 문으로 가는 은철을 불러 세웠다.

"왜?"

"고마워. 비록 절반의 성공이지만!"

"알았어. 우리 절반만 기뻐하자고."

대답하는 은철에게 다가선 길모, 그의 가슴을 격하게 껴안았다.

"이거 왜 이래? 아까는 팰 것 같더니만……."

"고마워. 진짜 고마워."

길모는 눈물을 삼켰다. 그래도 이게 어딘가? 은철이 아니었다면 그냥 포기하고 말 일이었다.

"어허, 나 이반 아니에요. 그러니 그만 놓아주라고."

"이하동문. 얘기 끝났으니까 가봐."

길모는 은철의 가슴팍을 가볍게 밀어주었다.

"수고!"

은철은 가볍게 손을 들어 보이고 복도로 나갔다.

혼자 남은 길모. 잠시 몸을 부르르 떨었다. 그런 다음에 복도를 향해 목이 찢어져라 소리를 질렀다.

"야, 빌어먹을 최장호 놈! 빨리 튀어와 봐라!"

[형, 취했어요?]

놀란 장호가 눈을 동그랗게 뜨고 들어섰다.

"미친놈, 네 눈에는 내가 취한 것처럼 보이냐?"

[그럼 왜 소리를 지르는데요?]

"이리 컴, 이리……."

길모는 차마 말을 하지 못하고 손짓을 했다.

[외로우면 혜수 누나 불러요? 다 퇴근하고 아무도 없던데…….]

"아, 그 자식 진짜 말 많네. 빨리 이리 못 와?"

길모가 바락 소리를 질렀다.

[나 잘못한 거 없는데…….]

상황을 모르는 장호가 조심스레 다가섰다. 그러자 길모, 그 어깨가 으스러져라 껴안아 버렸다.

[형…….]

"야, 최장호! 너 내 말 잘 들어라. 정신 바짝 차리고…….."

[네.]

"방금 노 변 다녀간 거 알지? 내가 너하고 승아하고 목소리 찾아달라고 미국에 타진한 것도 알지?"

[네…….]

"미국에서 연락이 왔는데 둘 중 하나는 가능성이 있단다."

[예?]

"그게 바로 너란다. 이 자식아!"

길모의 목소리가 다시 높아졌다.

[형······.]

"그래, 이 자식아. 네가 잘 하면 목소리를 찾는다고. 목소리 말이야. 아아아, 이거!"

[형······.]

"으아악, 이 자식. 목소리는 어떨까? 설마 재수 없는 여자 목소리는 아니겠지?

[형!]

장호는 짧은 수화를 다 그리지도 못하고 길모 품을 파고들었다.

우어억, 우어억!

장호 입에서 짐승 소리 같은 짧은 울림이 넘어왔다. 길모는 그게 마음이 아팠다. 울 때도 소리가 없는 장호. 그 격한 떨림에 겨우 마음이 가라앉은 길모는 장호의 등을 쓸어주었다.

그 모습은 문 앞에 선 혜수도 고스란히 지켜보았다. 그녀는 눈물을 감추며 조용히 돌아섰다. 두 남자의 뜨거운 마음을 방해하고 싶지 않았던 것이다.

'오늘 해는 완전 밝네?'

밖으로 나온 혜수는 하늘을 보며 맺힌 눈물을 닦아냈다.

*   *   *

이른 오후, 길모는 김석중의 성형외과에 있었다. 오늘 밀린 환자만 해도 네 명이었다. 세 명은 중국인이었고 한 사람은 오키나와에서 날아온 일본인이었다. 50대 초반의 일본인 역시 관상 마니아라고 했다. 그는 김석중이 관상 성형을 한다는 말을 듣고 만사를 제치고 달려온 여자였다.

그녀는 푸짐한 턱을 깎아내길 원했다. 하지만 전체적으로 볼 때 그녀의 인상을 결정하는 요인이었기에 김석중이 길모의 판단을 요청한 환자였다.

"일득일실(一得一失)!"

길모는 한 문장으로 답했다.

일본인은 통역을 통해 금세 말을 알아들었다.

"여사님의 복은 턱에서 말미암고 있습니다. 근자에 이르러 사업이 잘되고 있죠?"

"네!"

일본인이 대답했다.

"사업은 사람을 많이 만나는 업종이군요. 발바닥에 땀이 날 지경입니다."

"맞아요."

"보름 전에는 아주 큰 계약도 맡았습니다."

"어머어머!"

"그래서 미루던 결정을 하게 되었죠? 잘나갈 때 얼굴도 좀 고쳐서 첫인상 관리를 하면 사업이 더 번창할 수 있지 않을까?"

"맞아요!"

"둘 중 어느 게 행복할까요? 지금 하는 일이 잘되는 것과 얼굴이 예뻐지는 것⋯⋯."

"물론 여자니까 둘 다 잘되면 좋겠지만⋯ 둘 중 하나라면 사업이에요."

일본인의 말이 통역을 통해 건너왔다.

"그럼 절대 턱에는 손대지 마세요. 턱에 칼집을 내고 깎아내는 순간, 사업을 슬슬 내려앉기 시작할 겁니다."

"⋯⋯!"

"대신 거친 눈썹과 재복궁의 작은 흉터는 지우는 게 좋을 거같습니다. 그것만으로도 첫인상은 훨씬 좋아질 테니까요."

"그렇군요."

일본인은 잠시 실망스러운 표정을 지었다.

"원하는 결과를 드리지 못해 죄송합니다."

길모는 정중히 상담을 끝냈다.

"아뇨. 사실 기대가 컸기 때문에 실망은 좀 되지만 기분은 나쁘지 않습니다. 성형이나 관상이나 다 돈이 되는 일인데 손님을 일부러 보낼 리는 없지요. 두 분이 이처럼 양심적이니 저는 믿겠습니다."

일본인이 웃었다. 그 웃음은 길모의 마음을 편하게 해주었다.

관상을 끝내고 은경을 만났다. 은경은 성형외과에서 마지막 수술을 받고 있었다. 붕대에 가려지긴 했지만 그녀의 얼굴 윤곽은 변해가고 있었다.

"제대로 하고 와라. 너도 에이스 한 번 해봐야지."

길모는 은경을 격려해 주었다.

성형외과에서 특별 관상을 마친 길모는 승아를 불러냈다. 결과에 대한 통보. 어차피 피할 수 없는 과정이었다.

길모는 차를 운전하던 장호를 앞세워 파스타 전문점으로 들어섰다. 승아는 거기 있었다.

[부장님, 장호야!]

오늘 따라 그녀의 수화가 왜 이렇게 슬퍼 보일까? 길모는 억지 미소를 지으며 자리에 앉았다.

"뭐야? 여긴 특석 없냐?"

길모가 공연히 투덜거렸다.

[마음에 안 들어요?]

승아가 수화로 물었다.

"좋은 데라더니 좀 구리잖아?"

[부장님!]

"왜?"

[오기 전에 혜수 언니 전화받았어요.]

"······!"

어떻게 말을 꺼내야 할까 머리를 굴리던 길모가 파뜩 고개를 들었다.

[그러니 제 걱정 않으셔도 돼요. 저 지금 장호 축하해 주러 온 거거든요.]

"승아야······."

승아는 옆자리에서 꽃다발을 꺼내 들었다. 그리고 그걸 마음을 다해 장호에게 내밀었다.

[축하해!]

[승아야······.]

[받아. 난 정말 아무렇지도 않아.]

[승아야…….]

[받으라니까.]

"에이, 얌마, 받으라면 받지 뭘 그렇게 꾸물거려?"

지켜보던 길모가 꽃을 받아 장호에게 넘겼다.

[멋지다. 잘될 거야.]

[승아야…….]

[꼭 수술 성공해서 목소리 찾아. 나 날마다 기도할게.]

승아의 눈이 별처럼 초롱거렸다. 덩달아 장호까지 눈에 별이
든 것 같다.

"야야, 파스탄지 뭔지나 먹자."

길모, 여종업원을 향해 손을 번쩍 들었다.

맛집이라고 소문난 집.

역시나였다. 맛은 더럽게 없었다. 아니, 길모에게만 그런 거
같았다. 힐금 보니 장호와 승아는 수화로 얘기하랴, 면 말아먹
으랴 바쁘기 그지없었다. 그러다 승아와 눈이 마주치고 말았다.

[부장님.]

"응? 응?"

별수 없이 대답하고 마는 길모.

[진짜로 말하는데 나한테 미안할 거 없어요. 그런 기회라도
가져 본 게 어디에요? 그리고… 난 말 못 해도 이제 하나도 불편
하지 않아요.]

"……"

[부장님하고 일할 수만 있다면… 난 그걸로 만족이에요.]

"구라 그만 까고 먹기라 해라. 십 년쯤 지나면 의학기술이 발전할 테고… 그럼 또 기회가 올지도 몰라."

[알았어요.]

승아가 환하게 웃었다. 그제야 길모는 마음이 놓였다.

카날리아로 오는 길에 길모는 은철의 전화를 받았다. 미국 쪽에서 스케줄이 잡혔으니 열흘 후에 장호를 보내라는 것이었다.

"아, 이 자식 영어도 잘 못하는데……."

[쳇, 형보다는 낫거든요.]

운전하던 장호가 응수했다.

"말도 못 하는 게 무슨……."

[이건 폼으로 있나요?]

장호가 핸드폰 화면을 내밀었다. 그 화면에서 영어 문장이 반짝거리고 있었다.

I can speak English!

그걸 보자니 길모의 인상이 굳어버리고 말았다. 말을 못 하는 장호. 하지만 영어 능력은 있었다. 늘 책과 붙어살던 장호가 아닌가?

*   *   *

몇 통의 예약 전화가 이어지는 가운데 모르는 번호 하나가 길모의 전화기를 울렸다.

"여보세요?"

만복약국 앞에서 내린 길모가 전화를 받았다.

—안녕하세요? 오랜만입니다.

밝고 젊은 목소리였다.

'재벌 3세신가?'

길모는 얼른 기억력을 풀가동시켰다. 가급적이면 길모가 먼저 알아차리고 응대하는 것. 그게 바로 웨이터의 기본이었다.

그런데 이런 저런 단서를 뽑아 봐도 기억이 나지 않았다.

—저 모르시겠습니까?

전화의 주인공이 기어이 먼저 질문을 날려 왔다.

"죄송합니다. 제가 기억이……."

이럴 때는 자수하는 게 상책이었다.

—지금 카날리아 앞에 있습니다.

'카날리아?'

길모가 가게 쪽을 돌아보았다. 주차장 쪽에 검은 세단이 한 대 보였다. 그 앞에 신사가 한 명 서 있다. 하지만 멀어서 누군지 잘 파악이 되지 않았다.

—약국에 볼일이 있으시군요. 볼일 보시고 오세요. 기다리고 있겠습니다.

통화를 그렇게 끊겼다.

길모는 약국의 문을 열었다.

"어서 오세요!"

길모를 맞이한 건 일하는 아줌마였다. 류 약사는 보이지 않았다.

'아차, 홀리데이가 짧다고 했었지?'

그제야 류설화의 말을 상기하는 길모. 그만큼 일상이 바쁜 길모였다.

"홍 부장 왔어?"

조제실 안에서 마 약사가 나왔다.

"류 약사님은?"

"들어갔지. 그렇잖아도 홍 부장한테 인사 못 하고 가서 섭섭하다고 하던데?"

"인사는요……."

"여기 드링크……. 이거 맞지?"

"예, 고맙습니다."

길모는 계산을 하고 밖으로 나왔다.

담담하다.

늘 길모의 심장을 흔들던 류 약사라는 단어. 그리고 그녀의 향이 가득하던 약국 안. 그러고 보니 변하는 건 관상만이 아니었다. 세상의 모든 것이 변한다. 심지어는 약국의 냄새까지도.

끼익!

주차장에 들어서던 차가 갑자기 급정거를 했다. 장호답지 않은 운전이었다.

"왜 그래? 고양이라도 밟았냐?"

놀란 길모가 물었다.

[그게 아니고…….]

장호는 상당히 놀란 표정이었다.

"그럼 왜?"

[형, 저기…….]

장호는 하얗게 변한 낯빛으로 가게 앞을 가리켰다. 그 손가락을 따라 시선을 돌리던 길모도 아연질색하고 말았다.

'저 인간은?'

길모의 기억이 쾌속으로 과거로 돌아갔다. 류 약사, 맞선 자리, 그리고 지검장과 검사들. 꼴값을 떨던 검사를 지검장 앞에서 아작 내주던 그날……

다시 눈을 깜빡여 보지만 가게 앞에 버티고 선 인간들, 그 둘 중 하나는 그 검사가 확실했다.

김승우!

한때는 연적이라 뭉개주었던 검사. 또 한때는 그걸 빌미로 복수하러 들기에 개박살을 내버렸던 검사. 그 김승우 검사가 카날리아 입구 앞에 포진하고 있었다.

[저 인간 그때 안 짤렸었나 봐요.]

장호가 감정 실린 수화를 그렸지만 길모에게는 큰 위로가 되지 않았다.

'젠장!'

길모의 미간이 천천히 구겨지고 있었다.

"오랜만입니다."

손은 김 검사가 먼저 내밀었다. 길모는 그 손을 잡지 않았다.

독목교원가조(獨木橋冤家遭)!

원수는 외나무다리에서 만난다는 말. 그 말이 전처럼 뇌리를 헤집고 지나가고 있었다.

"왜요? 아직도 나한테 감정이 있습니까?"

김 검사가 웃었다.

"무슨 용건이신지?"

"좀 알아볼 게 있어서요."

'알아볼 거?'

반갑지 않은 소리였다.

검사와 술집! 피해자와 가해자!

그러나 아직도 검사라면 언제고 길모의 뒤통수를 칠 권력을 가진 인간. 머릿속에서 복잡한 산술이 뒤엉킬 때 김 검사 옆에 선 사람이 입을 열었다.

"나 이진일 부장검사입니다. 미안하지만 시간을 좀 내주시기 바랍니다."

부장 검사!

검찰조직에 대해 잘은 모르지만 일반인에게는 하늘같은 권력. 더구나 강압적인 것도 아니니 무작정 거절할 수도 없었다.

"장호야, 이분들 모셔라!"

길모는 장호에게 지시를 내렸다.

두 검사는 1번 룸으로 들어갔다. 김 검사가 그쪽을 바라봤기 때문이었다. 어쩌면 옛날 일이 생각났을 수도 있었다. 길모 역시 정공법을 택했다. 만약 감정을 가지고 왔다면 피한다고 피할 수 있는 일이 아니기 때문이었다.

"룸싸롱에 왔으니 한 병은 팔아드려야지? 더구나 우리가 개시 같은데?"

이 부장이 김 검사를 바라보았다.

"로얄 살루트 38년으로 한 병 주세요. 안주는 뭐 아무거나!"

로얄 살루트 38년.

속내를 알 수 없어 관상을 슬쩍 보았다. 그런데……

"……!"

길모는 내심 눈을 의심했다. 김 검사의 명궁이 깨끗하질 않은가? 더불어 간문조차 맑았다. 여기저기 등치고 다니며 성매수까지 일삼던 그는 간 곳이 없었다.

"미리 말하는데 홍 부장님에게 복수하러 온 거 아닙니다. 아니, 오히려 부탁을 드리러 온 거니 너무 경계하지 말아주시기 바랍니다."

마지막 멘트는 길모의 귀까지 안심시켜 버렸다. 전에 없이 온화한 목소리였기 때문이었다.

"괜찮으면 좀 앉아주세요."

간단한 세팅이 끝나자 김 검사가 말했다. 길모는 김 검사의 맞은편에 앉았다. 장호는 그때까지도 테이블 앞에 서 있었다. 걱정이 되는 모양이었다.

길모는 눈짓으로 장호를 내보냈다.

"한잔 받으시죠."

김 검사가 술병을 들고 길모에게 권했다.

"손님이 먼저 받으셔야……."

"아닙니다. 저희는 지금 근무 중이라 술을 마시지 못합니다."

'근무 중?'

길모가 고개를 갸웃하는 사이에 김 검사가 술을 따라 버렸다.

"전의 일들은 미안하게 생각합니다. 더불어 고맙게도요."

김 검사는 자꾸만 샛길로 가고 있었다.

"그때 중징계를 받으면서 반성 많이 했습니다. 덕분에 정신

차릴 수 있었고요."

"……."

"그런데 하도 잿밥에서 신경을 쓰며 살아서 그런지 실력이 안 붙어요. 게다가 이제야 일 좀 제대로 해보려니 사건도 이상한 것만 배당되고……."

"험험!"

그 말을 들은 이 부장, 헛기침으로 난처한 입장을 표현했다.

"한 잔 더 하시겠어요?"

김 검사가 또 병을 들었다.

"아닙니다. 저도 이걸로……."

길모가 사양했다. 첫 잔은 예의상 받았다지만 초장부터 달릴 생각은 없었다.

"그럼 이제 말씀을 드려도 될까요?"

김 검사가 예의를 갖추며 물었다. 전과는 생판 다른 모습이라 이질적이기도 했지만 길모, 고개를 끄덕해 수락의 의사를 밝혔다.

"실은 이번에 오래된 변사체가 하나 발견되었는데 그게 좀 난해해서요."

"변사체요?"

"예."

"이런 말 어떨지 모르겠는데… 홍 부장님 관상이 귀신이 곡할 정도 아닙니까?"

"그런 과찬을……."

"아닙니다. 저야 물론 직접 겪은 일이고, 이런저런 채널을 통해 알게 된 홍 부장님 일을 스크랩해 봤는데 속된 말로 치면 가히 신적인 능력이었습니다."

"……."

"그래서 관상 하나 부탁하려고 왔습니다."

"……."

"물론 아주 어렵습니다. 저희도 단서 하나 못 찾은 사건이라 솔직히 마지막으로 지푸라기 잡는 심정이거든요."

김 검사는 진지했다. 설명하는 얼굴에서 가식이나 길모를 골려 복수하려는 의도는 엿보이지 않았다. 무엇보다 맑아진 눈빛이 믿을 만했다. 그러니까 과거 길모가 알던 김 검사와 현재의 김 검사는 분위기가 완전히 다른 상으로 바뀌어 있었다.

"뭔지 구체적으로 말을 해주셔야……."

"그게……. 아무래도 직접 가서 보시는 게……."

"직접?"

"부탁드립니다. 이게 워낙 해괴한 사건이라 그냥 넘어갈 수 없거든요. 과거 제 잘못으로 미루어보면 도와줄 리 없지만 국가 정의를 세운다고 생각하고 한 번만 도움을 주시기 바랍니다."

김 검사, 자리에서 일어서더니 길모를 향해 90도로 정중히 허리를 조아렸다.

"지금 가자는 말씀입니까?"

"예!"

"정말 저한테 감정 없습니까?"

"네!"

김 검사는 거침없이 대답했다. 원래도 흠이 없던 얼굴에 더해진 진지함. 길모는 당혹스러웠다. 거절하기도 뿌리치기도 대략 난감한 상황이었다.

"부탁드립니다."

거기에 이 부장의 정중한 부탁이 겹쳐졌다.

길모는 시계를 보았다. 가게에 빨리 도착한 탓에 약간은 여유가 있는 상황. 하는 수 없이 복도의 장호를 부르고 말았다.

"장호야, 차 시동 걸어라!"

앞서 가던 김승우의 차량이 멈춘 곳은 대학병원이었다. 장호역시 그 뒤에 차를 세웠다. 주차관리원은 두말없이 김 검사의 차량을 통과시켰다. 길모의 차도, 김승우의 손짓 한 번으로 해결이 되었다. 과연 검사의 파워는 달랐다.

"응, 조금 늦을지도 몰라. 그러니 잘하고 있어."

길모는 이 부장에 이어 홍 마담과 혜수에게 통지를 끝냈다. 이제는 카날리아를 책임지고 있는 위치. 그러니 잠수를 타는 것도 허락되지 않는 마당이었다.

턱!

김 검사의 발이 멈춘 곳은 사체 냉동보관실이었다. 그 앞에서 김 검사가 길모를 돌아보았다. 길모는 침을 넘기며 마음의 다짐을 끝냈다.

길모는 장호를 복도에 남겨두고 김 검사의 뒤를 따랐다.

"여세요!"

사체실 안으로 들어선 김 검사가 직원을 향해 말했다. 직원은 길다란 사체함을 열었다.

"……!"

안의 내용물을 본 길모, 휘청 흔들리며 물러섰다.

"괜찮습니까?"

단박에 김 검사가 길모를 부축해 왔다.

"저, 저건…….."

토악질이 나는 걸 간신히 참으며 물었다. 냉동관 안에 든 건 사람이 아니었다. 아니, 사람이었겠지만 지금은 아니었다. 그건 뼈만 달랑 남은 해골이었다.

아직도 시선을 제대로 맞추기 어려운 참담함의 주인공은 바로 해골바가지였다.

"바로 이것 때문에 홍 부장님을 모셨습니다."

김 검사가 해골을 쏘아보며 말문을 열었다. 길모는 고개를 저은 후에 다시 해골을 보았다. 그 머리… 머리… 얼굴 부분이 마스크를 덜어내듯 사라져 버린 해골바가지…….

"욱!"

참고 참았던 구역질이 목을 차고 올라왔다. 길모는 화장실을 찾아 뛰었다.

"우엑우엑!"

몇번 토악질을 하자 겨우 진정이 되었다. 그때, 어깨 너머로 수건이 디밀어졌다. 김 검사였다.

"닦으세요."

길모는 천천히 수건을 받아 들었다.

"누군가 의도적으로 두상을 세로로 절단했습니다. 오래된 영화의 페이스오프를 오마쥬한 건지…….."

김 검사의 목소리는 무거웠다.

"보시다시피 피살된 지 오래된 사체라 부패가 심해 지문도 찾을 수 없는 데다 발굴 현장에서 나온 단서도 별로 없습니다."

"……."

"일단 유전자 검사를 했습니다만 연관 유전자가 등록되어 있지 않아 인적사항 파악이 안 되는 관계로 수사가 완전 답보 상태입니다."

"내가… 뭘 해야 하는 거죠?"

"미안하지만……."

김승우는 잠시 말을 더듬다가 꼬리를 붙였다.

"저 상태로도 관상을 볼 수 있습니까? 제가 풍문으로 듣기에는 부장님이 골상만으로도 관상을 유추해 내는 능력이 있다고 하던데?"

"……?"

"죄송합니다. 사건을 부탁할 생각으로 주변 조사를 좀 했습니다. 물론 믿어지지는 않습니다만……."

"또 나에 대해 뭘 알죠?"

"거기까지입니다. 더 알아볼 필요도 없었으니까요."

"한 번 더 묻겠는데 이거 협박은 아니죠? 협조 안 하면 뒤통수를 친다든가……."

"솔직히 그런 생각이 없지는 않았지요. 그때 룸에서 지검장님께 현장을 들키는 바람에 감찰반에서 조사 제대로 받았습니다. 그때는 정말 조사만 끝나면 동기들에게 부탁해서 카날리아를 날려 버리고 홍 부장님도 구속할 생각이었어요. 룸싸롱이라면 그만 한 먼지는 나올 수 있을 테니까요."

"……"

"그러다 직무 정지 기간에 외국의 오지엘 좀 갔었어요. 복잡한 곳에서 잠깐 벗어나 볼까 하고요. 그때… 수양이 되었어요. 빈손으로도 행복하게 사는 오지인들을 보며 내가 왜 이렇게 살았나 싶었던 거죠."

"……"

"홍 부장님에 대한 원망은 그때 다 털고 왔습니다. 그러니 염려하지 않으셔도 됩니다."

"좋아요. 거기까지!"

길모가 김 검사의 말을 막았다. 그가 변한 건 길모도 알고 있었다. 그러니 단지 한 번 더 확인 작업을 거친 것뿐이었다.

"가능합니까?"

"해골만으로 관상을요?"

"예, 일단 관상을 볼 수 있다면 인상착의가 가능하다는 거 아닙니까?"

"그렇지요."

"그러면 그걸 몽타주로 만들어서 수사를 진행할 수 있습니다. 수사에 엄청난 도움이 될 겁니다."

"한 번 시도해 보죠."

길모는 김 검사의 표정만큼이나 진지하게 대답했다.

기잉!

쇳소리와 함께 다시 사체의 관이 당겨졌다. 길모, 이번에는 놀라지 않았다.

'죽은 사람의 관상······.'

거기까지는 가능했었다.

'가면 속의 관상······.'

그것도 가능했었다.

심지어는 완전 성형한 사람의 진짜 관상도 그 뼈를 말미암아 추리해 내었던 길모. 그러나 시체보다 더 참혹한 해골을 앞에 두고는 낙관하기 어려웠다.

어깨, 팔, 흉곽, 골반, 그리고 두 다리······.

그렇다고 유골들이 표본처럼 깔끔한 것도 아니었다. 몇 군데는 부러지고 또 몇 군데는 손상이 있었다. 길모는 깊은 날숨을 쉰 후에 유골을 쏘아보았다.

얼굴은 어떻게 이루어지는가?

우선 명궁은 목에 있는 목빗근이 중요하다. 아울러 그 목빗근의 기둥이 되는 목뼈가 바탕이다. 좋은 집의 시작은 기둥에서 비롯되기 때문이다.

복덕궁 역시 승모근이 키 역할을 한다. 그러자면 어깨뼈의 균형이 조화를 이루어야 한다. 그럼 모두의 관심이 쏠리는 재산궁, 즉 재백궁으로도 불리는 코는 어떨까? 이곳은 엉치뼈와 연관된다.

길모는 얼굴을 이루는 모든 부위, 그곳와 연관되는 뼈를 짚어 갔다.

처음에는 가닥이 잡히지 않았다. 이마를 그려놓으면 관골 쪽이 흩어졌고, 관골의 중정을 그려놓으면 다시 이마의 상정이 흐려졌다.

"후우!"

몇 번이고 사투하던 길모가 고개를 저었다.

"안… 됩니까?"

침묵으로 지켜보던 김 검사가 물었다.

"쉽지는 않네요."

"……."

"하, 이거 죄송합니다."

"아닙니다. 그래도 조금은 가닥이 잡히고 있으니 조금 더……."

길모는 호흡을 가다듬고 다시 해골 앞에 섰다.

그 앞에서 유전자를 생각했다. 머리카락이나 미량의 타액만으로도 인간의 특징을 잡아낼 수 있는 유전자. 그건 현대 과학의 개가 중의 하나였다.

하지만 그런 유전자 검사도 인간의 과거와 미래, 현재를 맞출 수는 없다. 그저 하나의 현실을 알려줄 뿐이다. 거기에 비해 길모의 관상은 어떤가? 신묘막측이라는 단어까지도 오가는 경지를 보이고 있었다. 더구나 이 해골… 어쨌든 신체의 일부, 아니 살을 제외하면 거의 전부라고도 할 수 있는 몸이 있었다.

'관념을 버려야 한다.'

길모는 다시 초심으로 돌아갔다. 언제나 도전을 가로막는 건 관념이었다.

안 될 거야! 불가능할 거야!

이 두 가지 생각이 앞을 막으면 될 일도 불가능했다. 언제나 그랬다.

'최악을 생각하면 언제나 최상…….'

만약, 이조차 없다면… 아니, 뼈가 있되 극히 일부분이라면?

거기까지 생각하니 전의가 불타올랐다. 없는 것은 단 두 가지였다.

해골바가지의 앞면, 뼈에 붙은 살점!

길모는 단지 두 개의 핸디캡만 극복하면 되었다.

'호영…….'

가만히 눈을 감았다. 파타야의 지옥을 떠올렸다. 거기서 살아 돌아온 길모. 그때 본 지옥과 지금의 현실은 그저 종이 한 장 차이……! 그렇다면 이 해골 또한 보통 사람에 비하면 종이 한 장 차이일 뿐이었다.

'가자, 홍길모!'

마음이 후끈 달아오른 길모, 마침내 두 눈을 부릅뜨며 안광을 뿜어냈다.

아아아!

아련한 메아리가 들려왔다. 해골 위에 호영의 그림자가 드리우는 것 같았다. 길모의 눈은 해골의 발끝부터 서서히 위로 올라갔다.

말단에서 중심으로!

중심에서 말단으로!

그건 마치 정교한 설계, 재조합과도 같았다. 위와 아래, 아래와 위가 하나의 조화를 이루자 얼굴이 형체를 이루기 시작했다.

눈! 코! 입! 귀!

네 개의 형체가 서자 나머지는 그리 어렵지 않았다.

"억!"

길모는 마침내 비명을 지르며 눈을 번쩍 떴다.

"홍 부장님!"

"괜찮습니다."

길모는 김 검사를 안심시켰다.

"어떻게 됐습니까?"

"얼굴을 봤습니다."

"오, 마이 갓!"

길모의 말에 김 검사가 탄식을 쏟아냈다.

주차장 구석에 대기 중인 차량에 올라선 길모는 입을 쩌억 벌렸다. 그건 움직이는 수사차량이었다. 밖에서 볼 때는 냉동차량 비슷했지만 안에 들어서니 온갖 첨단장비들이 즐비한 것이다.

"이분이 몽타주 최고 전문가입니다. 이분에게 인상착의를 말씀하시면 됩니다."

김 검사가 길모에게 전문직원을 소개해 주었다.

길모는 뼈가 말한 대로 일러주었다. 그러자 40대 초반의 남자 얼굴이 완성되었다.

"굉장하군요. 우리야 이 피해자 나이를 유전자 분석으로 알았지만……"

김 검사는 혀를 내둘렀다.

"적으나마 범인 잡는 데 도움이 되면 좋겠군요."

"도움이 될 겁니다. 아니, 반드시 검거하고 말겠습니다."

사망자의 몽타주를 손에 쥔 김 검사가 결의를 불태웠다.

"정말 고맙습니다."

김 검사는 길모의 차에까지 따라와 거듭 고마움을 밝혔다.

"저기……."

"예. 할 말 있으면 하십시오."

"검사님 관상……."

"제 관상요? 어디 안 좋나요?"

"아뇨. 다 좋습니다. 솔직히 신의 편파성에 화가 날 정도로……."

길모가 웃었다. 김 검사의 관상이 좋은 건 진실이었다. 그의 오악은 흠잡을 데가 거의 없었다. 좋은 집안에서 자랐고 재백궁에 형제궁, 전택궁도 굿. 관록궁도 나쁘지 않았으니 그 덕분에 감찰반의 조사도 운 좋게 넘긴 것이다.

하지만 길모는 알고 있었다. 다 좋은 그에게 단 하나의 치명적인 약점이 있다는 것을… 그건 바로 그의 목이었다.

단명!

김 검사의 관상에서 읽어진 수명은 대략 50세 안팎.

그걸 이유로 류 약사와 이어지는 걸 막아섰던 길모. 그때는 그 단점이 쾌재의 대상이었지만 지금은 측은함의 대상일 뿐이었다.

"다른 운은 다 좋은데 목의 기세가 좀 약합니다. 그러니 목을 강화하는 운동을 하세요. 그럼 좋은 일이 오래갈 겁니다."

길모는 에둘러 그의 약점을 전해주었다.

"아, 그래서 그런가요? 늘 목이 좀 뻣뻣한 것도 같고……."

"그럼……."

길모는 목을 돌리는 김 검사를 향해 가벼운 묵례를 남겼다.

"아, 사건 끝나면 제대로 한잔 마시러 가겠습니다. 물론 진상은 부리지 않을게요."

"예, 기다리고 있겠습니다."

길모는 창밖으로 고개를 내밀며 대답했다.

*　　*　　*

다행히 손님 예약 시간에 늦지는 않았다. 길모는 준비를 마치고 손님을 기다렸다. 1번 타자는 예약 시간보다 10분 정도 늦게 도착했다. 길모는 주차장에 나가 손님을 맞았다.

세단의 앞좌석에서 60대의 노신사가 내렸다. 신수가 훤한 사업가였다. 그런데, 뒷문에서 내린 사람이 문제였다.

"김 사장님!"

길모의 눈이 둥그레졌다. 그는 김대욱, 바로 노숙자로 과일 특화상 사업을 하는 사람이었다. 게다가 길모가 밀어주어 자리를 잡은 사람. 그런 그가 별실 룸의 손님으로 오다니…….

"놀라셨죠?"

별실에 자리를 잡은 김대욱이 웃으며 물었다.

"예, 조금……."

"이해합니다. 이 인간이 이제 좀 먹고살 만하니까 주지육림부터 찾는구나?"

김대욱이 길모의 의표를 찌르고 들어왔다. 길모는 대답하지 않았다. 그런 우려가 없는 게 아니기 때문이었다.

"솔직히 홍 부장님 덕분에 자리는 제대로 잡았습니다. 이제 한 달 매출이 10억을 넘으니까요."

김대욱은 웃으며 뒷말을 이었다.

"그래서 왔습니다. 딱 양주 한 병만 마시려고요. 과시는 절대 아니고요 부장님께 제가 이제 이 정도는 되었다 하는 걸 보여주고 싶어서요. 돈이라는 게 너무 꿍쳐만 두어도 안 되는 거 아닙니까? 그래서 부득 예약도 이쪽 황 사장님 이름으로……."

김대욱의 소개를 받은 황 사장이 가벼운 묵례를 해왔다.

"또 이분이 제가 뚫어야 할 새 거래처인데 관상에 관심이 많으시더라고요. 그래서 겸사겸사 왔습니다."

길모는 흔쾌히 김대욱의 주문을 받았다. 공연히 선입견을 가진 게 미안했다. 그는 이제 더 이상 노숙자가 아니었다. 돈을 많이 벌면 비즈니스를 겸해 룸싸롱을 드나들 수 있었다. 그러니 같은 값에 카날리아에 온 것이 어찌 탓할까?

동행자의 관심은 재혼이었다.

"늘그막에 주책 같지만 일찍 사별을 하고 혼자 살다 보니 이제 좀 외롭기도 하고……."

그는 슬그머니 중년 여인의 사진을 꺼내놓았다. 척 봐도 예쁜 여자였다.

"어떻습니까? 특별한 문제가 없으면 합칠 생각인데……."

"사장님은 맏이시군요. 그래서 형제들 우애를 중시하시죠?"

"어이쿠, 역시 족집게시군요. 제가 동생을 공부를 다 시켰고, 그래서 나이 들어도 아주 화목한 가풍을 이루고 있습니다."

"관상을 보니 재혼할 상이시긴 합니다. 하지만 이분은 맞지 않습니다."

"왜요? 우리 동생들과 아이들도 다 인상이 좋다고 찬성 쪽인데. 게다가……."

"잠깐만요."

길모는 손님의 말을 막아섰다.

"이분 아직 초혼이시죠?"

"예? 예……."

"이분의 상을 보니 눈썹 위를 가로지른 가로주름… 운세가 박할 상입니다. 더욱이 한자로 여덟 팔 자를 엎어놓은 형상이니 하는 일마다 고난입니다. 문제는 이게 두 눈썹을 딱 막아서는 기세니 이분과 결혼을 하시게 되면 가족 간의 우애를 막아 풍파를 일으키게 될 거라는 사실입니다."

"그, 그런……."

"더불어 방랑벽이 있어 결국에는 사장님과도……."

"어허, 그런 건 못 느꼈는데……."

손님은 당혹스러운 표정을 지었다.

"마음이 개운치 않으시면 가서서 배꼽 옆과 옆구리 아래, 무릎 뒤 쪽, 그리고 발바닥 가운데 쪽을 살펴보세요. 아마 거기 점이 있을 겁니다. 그것만 봐도 이분의 만혼과 이별, 방랑기를 알 수 있을 겁니다."

"허어!"

손님은 거듭 탄식을 토했다. 아쉽지만 길모가 해줄 말은 거기까지였다. 좋지 않은 운명을 안다고 해서 다 운명을 극복하는 건 아니었다. 그건 오롯이 개인의 몫이었다.

"저기……."

술자리가 마감될 무렵 김대욱이 어렵게 말문을 열었다.

"이런 말씀드리기 송구하지만 언제 시간이 되시면 노숙자들한 번 봐주실 수 있을까요?"

"노숙자요?"

"저희가 새 직원이 좀 필요한데 부장님이 좀 추천해 주시면노숙자들에게 힘이……."

노숙자들! 한동안 잊어온 이름이었다.

"음, 지금 바쁘기는 한데 고려해 볼게요. 때가 되면 미리 연락하세요."

"어이쿠, 고맙습니다. 정말 고맙습니다."

김대욱은 허리가 부러져라 거듭 인사를 하고 나갔다.

김대욱을 보내고 두 번째 손님을 기다릴 때였다. 1번 룸의 혜수에게서 SOS가 들어왔다. 마침 룸을 돌 작정이었으므로 강 부장 손님을 본 후에 1번 룸을 열었다.

1번 룸의 손님은 세 사람이었다. 셋 다 길모와는 초면이었다. 이제 슬슬 자기 손님이 늘고 있는 혜수. 그러니 하등 이상할 일이 없었다.

"저희 카날리아의 대표시자 한국 관상의 대표주자 홍 부장님이세요!"

혜수가 거창한 소개를 날렸다.

"잘 부탁드립니다."

길모는 습관처럼 명함을 꺼내주었다. 그러자 세 사람도 명함을 꺼내놓았다.

〈재단법인 새하늘 이사장 양혁.〉

명함을 받는 사이에 후웅, 오랜만에 오른손이 울림을 냈다.

"……?"

길모는 주춤거리는 몸을 바로 세웠다. 이제는 어떤 악인을 봐도 별 울림이 없던 손이었다. 그런데 느닷없는 반응이라니?

길모는 다시 한 번 명함을 바라보았다.

후웅! 울렸다. 손목의 울림은 착각이 아니었다.

'털어야 할 인간?'

길모는 아주 천천히 이사장을 향해 고개를 들어올렸다.

'으헉!'

양혁의 코에 시선이 닿자, 길모는 소리 없는 비명을 질렀다. 재복궁이 미어터지고 있었다. 그건 곧 현금이 숨을 못 쉴 정도로 만땅이라는 의미. 재빨리 전택궁을 보자, 그곳 역시 한없이 널찍했다.

한 가지 이상한 건, 재복궁에 낀 아련함… 하지만 그건 그냥 넘겼다. 원래 큰물은 소리 없이 흐르는 법. 많고도 많은 재물이 쌓이고 쌓였다면 그 무게감에 소리가 없을 수도 있었다.

'나아가 부동산도 만땅…….'

대체 뭐하는 인간이길래…….

길모는 묵례를 하는 척하며 양혁의 관상을 두루 살폈다.

양혁!

그는 브로커 출신이었다. 좋게 말하면 로비스트. 그런데 그

마당이 관 쪽이었다. 지금은 다소 빛이 발하고 있지만 관록궁 부근에서 명도(明度)의 끝까지 밝았다가 스러지고 있는 기색…….

중심이 아닌 걸 보니 관직으로써가 아니가 관을 상대로 제대로 등쳐 먹었다는 뜻이었다.

'그렇군. 자수성가한 사람이니…….'

어깨가 높은 양혁. 그러니 빈주먹으로 부를 이룬 사람이었다.

'하지만 이름난 재벌도 아닌 사람이 어떻게 이렇게 많은 재산을……?'

궁금증이 꼬리를 물었다. 그게 전부 손의 울림 때문이었다. 할 일 없이 울리는 경보가 아니었다. 게다가 오랜만에 울린 울림. 그러니 어찌 낱낱이 확인하지 않을 수 있을까?

'어디 보자… 언제부터 돈발이 받기 시작했나…….'

길모의 안광이 양혁의 유년운기부위를 해부하기 시작했다.

"……!"

고개를 번쩍 든 길모는 다른 때와는 달리 마지막으로 양혁의 이마를 확인했다.

'아뿔싸!'

길모는 소리 없는 한숨을 쉬었다. 예상은 적중했다. 그는 부모 복이 거의 없었다. 그렇다면 맨땅에 헤딩하듯 이룬 부(富). 고만고만하던 돈 창고에 십여 전부터 굴러온 뭉칫돈이 그걸 뒷받침하고 있었다.

땡큐!

길모는 소리 없이 웃었다. 길모의 웃음 속에는 가련한 사람들을 도우려는 의도가 함께 실려 있었다. 구린 돈 냄새가 폴폴 나는 로비스트. 이유가 어쨌든 제 발로 와주었으니 어찌 땡큐하지 않을까? 길모는 술병부터 집어 들었다. 친히 왕림해 주신 것에 대한 답례(?)였다.

　'일단 한잔 먹여놓고……'

　길모도 그 자신의 로비에 돌입하기 시작했다.

제4장

해외 비밀계좌를 터는 법

　"자네가 관상 일인자라고?"

　한 잔을 넘긴 양혁이 목에 힘을 주며 물었다.

　"일인자는 과찬이고 조금 본다는 소리를 들을 뿐입니다."

　"그럼 내 상 좀 봐주겠나? 이번에 큰 사업에 투자를 하고 있어서 말이야."

　양혁이 개기름 번들거리는 얼굴을 들었다.

　큰 사업! 크기는 컸다. 그의 재복궁이 용트림하는 것만 봐도 알 것 같았다. 적어도 수백억 이상의 사업이 분명했다.

　"이건 복채일세."

　양혁이 100만 원짜리 한 장을 꺼내놓았다.

　"그냥 넣어두시지요."

　길모는 수표를 슬쩍 밀어주었다.

"적어서 그러나?"

"아닙니다. 제가 오늘은 관상 컨디션이 아니라서……."

"이래도?"

오기가 발동한 양혁이 천만 원짜리 한 장을 보탰다.

"죄송합니다만 진심입니다. 대신 다음에 오시면 복채 없이 그냥 봐드리겠습니다."

길모는 거듭 사양했다. 관상왕 홍길모, 애당초 복선을 깐 행동이니 1억짜리 수표가 나온다고 해도 거둬들일 일이 아니었다.

"아, 그 양반 장사 한 번 빡빡하게 하네. 아, 이사장님이 그렇게까지 말씀하시면 좀 봐줄 일이지 말이야. 없는 시간 빼서 방문해 주신 것만 해도 황송할 판에……."

옆에 있던 안 실장이 밥값을 하려고 나섰다.

"그래서 오늘은 양해를 구하는 겁니다."

"그래서라고?"

안 실장이 눈살을 찌푸렸다. 앞뒤가 맞지 않다고 판단한 모양이었다.

"이렇게 귀하신 분이 오셨는데 대충 봐드릴 수는 없지요. 어제 오늘 제가 과로를 해서 컨디션이 안 좋은 것이니 차후에는 언제든 오시면 되겠습니다."

"설마… 자신 없어서 빼는 건 아니겠지?"

"실장님은 눈동자가 노란 분답게 성질이 급하시군요. 그 덕에 아드님이 병을 앓고 있지요? 나흘 전부터 기세가 박하니 자칫하면 목숨을 잃을 정도로 위태롭군요. 게다가 관골에 나쁜 적색이 물들었으니 사모님과의 애정까지도 최악입니다. 당장 마음을 느긋하게 갖지 않으면 더 나빠질 수도 있습니다."

"……!"

길모, 단 한 방에 안 실장의 입을 막아버렸다. 허를 찔린 안 실장은 입을 벌린 채 아 소리도 내지 못했다.

"안 실장, 아직도 마누라랑 냉전이야?"

양혁이 묵직하게 물었다.

"예, 그게 나이 먹으면 여자들 기가 워낙 세져서……."

"애도 아직 병원이고? 저번에 퇴원하지 않았나?"

"그게 다시 악화가 되어 나흘 전에 재입원을……."

"허어, 완전히 족집게로군."

양혁이 고개를 끄덕거렸다.

'작전 성공…….'

길모는 쾌재를 불렀다. 떡밥은 제대로 간 셈이었다.

"하지만 이틀 후 이른 오후에 희소식이 오겠군요. 이번 수술은 제대로 성공할 테니 아드님 걱정은 이틀 후부터 덜어도 되겠습니다."

"빈말이라도 고맙구만. 하지만 담당 의사도 고개를 젓는 수술인데……."

안 실장은 콧방귀를 뀌며 흘려들었다.

"그럼 오늘은 즐거운 시간되시기 바랍니다."

떡밥을 던졌으면 느긋하게 입질을 기다려야 하는 법. 대어를 낚는 법을 아는 길모는 바로 인사를 남기고 돌아섰다. 물론, 혜수에게 눈짓 신호를 남기는 것도 잊지 않았다.

…셋, 둘!"

"잠깐!"

숫자 셋을 세기 전에 부를 거라던 길모의 예상까지는 보기 좋게 적중했다. 양혁이 길모를 부른 것이다.

"말씀하시죠."

길모는 룸 문 앞에서 공손히 대답했다.

"듣자니 자네 전용 룸은 따로 있다고?"

"예……."

"3일 후에 예약이 되겠나?"

"두 번째 타임까지는 예약이 꽉 차 있습니다."

"이봐, 지금 이사장님이 예약하시겠다는데……."

다시 안 실장이 성질머리를 작렬시켰다.

"죄송하지만 일, 이 타 예약 손님이 우리나라 10대 재벌 회장님들이라……."

"……!"

양혁의 눈가에 놀라움이 스쳐 갔다. 10대 재벌 회장님. 비록 과장된 말이었지만 그들도 카날리아의 소문은 대략 접수하고 온 터. 그러니 아예 믿지 않을 수도 없었다.

"안 된다는 건가?"

"삼 타 예약은 고려해 볼 수 있습니다."

길모는 한 번 더 튕겨 버렸다.

"하는 수 없지. 그거라도 부탁하네."

"감사합니다."

길모는 묵례를 남기고 복도로 나갔다.

"아, 저 인간 배때기가 불렀나? 꼴랑 룸싸롱이나 하면서 뭘 이렇게 비싸게 굴어?"

안 실장의 아부가 거칠게 따라 나왔지만 길모는 듣지 않았다.

"장호야!"

복도로 나온 길모는 대기 중이던 장호를 불렀다.

[뭘 할까요?]

"이거!"

길모는 양혁의 명함을 내밀었다.

"한 번 뒤져 봐라. 아주 꼼꼼하게."

길모는 양혁에 대한 기본 분석을 장호에게 맡겼다.

[형? 간만에?]

눈치 빠른 장호가 재빨리 수화를 그렸다.

"허둥대지 말고 천천히, 정확하게!"

[알았어요. 맡겨주시라고요.]

장호는 한달음에 복도 끝의 노트북으로 달려갔다.

하지만 장호는 금세 일그러지고 말았다. 이런 저런 검색어를 넣어도 나오는 게 없었다. 네이버는 물론이요, 구글까지도 그랬다.

"없냐?"

눈치를 차린 길모가 다가왔다.

[잠깐만요.]

장호는 오기가 발동했다. 직함을 붙이고 빼고, 허접한 신문사와 블로그, 카페까지 뒤져 나갔다. 그래도 성과는 없었다. 결국

장호는 두 손을 들고 말았다.

"대박이다."

길모가 웃었다.

[뭐가 대박이에요? 아무것도 안 나오는데?]

"그러니까 대박이지. 제 정보 줄줄 흘리고 다니는 놈이라면 너무 시시하지 않냐?"

[형…….]

"운전사 어디 있냐?"

[서비스 펼칠까요?]

"오케이!"

서비스!

운전기사를 유인하라는 신호였다. 지시를 받은 장호가 나가 기사에게 국밥집을 권했다. 높은 사람들을 차 안에서 기다리자면 지겹기 그지없는 법. 기사는 반색을 하며 건너편 국밥집으로 향했다.

그걸 확인한 길모가 회장의 외제차로 접근했다. 안을 보니 뒷좌석에 노트북이 보였다. 비싼 놈이었다.

딸깍!

문을 여는 건 일도 아니었다. 외제차라고 예외도 아니었다. 오랜만에 따는 문이라 그런지 소리까지도 상큼하게 들렸다. 열고 보니 노트북 옆에 핸드폰도 하나 놓여 있었다.

'여벌의 핸드폰…….'

길모는 바로 눈치를 차렸다. 룸 안에 있는 이사장의 손에 핸드폰이 있었기 때문이었다. 일단 블랙박스부터 살짝 꺼뜨렸다.

폰에 걸린 비밀번호 역시 문제가 되지 않았다. 무려 12개나 되는 숫자였지만 답을 아는 길모에게는 무의미한 일이었다. 차례로 눌러주신 후에 OK를 누르자 핸드폰이 대문을 열어주었다.

예상대로 여분의 핸드폰이었다. 두 개를 가지고 각각 목적에 따라 쓰는 것이다. 핸드폰은 장호에게 건네주었다. 안에 있는 내용을 옮기기 위해서였다. 그런 다음, 외제차의 주인인 양 자리를 잡고 앉아 노트북을 켰다. 당연히 노트북에도 유저 비번이 필요했다. 길모는 가만히 화면 위에 오른손을 올렸다. 시스템을 관통하는 느낌이 화면으로 전해왔다.

yang38*38*38*48.

비번은 제법 체계가 괜찮았다. 다른 인간들처럼 여자들 몸매 사이즈는 쓰지 않았으니 마음에 들었다. 바탕 화면은 깨끗했다. 그 또한 마음에 들었다. 양혁, 나이는 먹었지만 컴퓨터를 아는 사람이었다. 그건 폴더 배치만 봐도 알 수 있었다.

이런저런 파일에는 또 한 번의 비번이 필요했다. 철저한 보안이었다.

383838.

파일의 비번은 비교적 간단했다. 몇 개를 넘길 때 길모는 문득 이상한 느낌을 받았다. 사람이었다. 느닷없이 누군가가 차 문을 연 것이었다.

"에이, 핸드폰을 놓고 가다니……."

운전석 문을 연 사람은 기사였다. 그는 핸드폰을 챙겨 들더니 가뜬하게 문을 닫았고, 삑 하는 자동 잠김 소리와 함께 차에서 멀어졌다.

[형…….]

그 뒤를 이어 장호가 다가왔다.

"나 여기 있다."

길모는 바짝 엎드렸던 바닥에서 일어났다. 미친 듯이 엎드렸기에 망정이지 자칫하면 걸릴 뻔한 순간이었다. 장호가 망을 보는 사이에 길모는 남은 파일을 마저 뒤져 나갔다. 그러다 한 파일에서 눈길이 멈췄다.

카지노.

길모는 그 폴더를 열었다. 그러자 엄청난 내용이 눈앞에 펼쳐졌다.

'FKC 카지노 입찰 전략 제휴 문건.'

그건 정부에서 신규로 허용하려는 세 카지노의 선정을 노리는 비밀문서였다. FKC는 'First Korea Capitals'의 약자로 이들이 표면적으로 내세우는 회사였고, 양혁은 카지노 부분을 대표해 로비를 총책임지고 있었다. 세 세력이 연합한 제휴의 내용은 차마 믿기지 않을 정도였다.

'일십백천만…….'

로비 비용으로 잡힌 예산만 물경 100억여 원. 그것 또한 양혁의 책임하였고 자세한 로비 대상과 그들에게 전할 세세한 금액까지도 빠지지 않았다.

더 흥미로운 건 그 100억여 원을 조달하는 게 양혁의 개인 책임이라는 사실. 말하자면 공개된 기업인 FKC보다 개인 돈을 뿌리는 게 뒤탈이 없다는 판단인 모양이었다.

그 대가로 양혁이 챙기는 건 지분 비율.

실패할 경우의 비용은 3자 균등 부담 조건.

그로서는 하등 손해될 일이 없었다.

로비는, 이미 진행형이었다. 그 증거로 세 이니셜이 보였다.

J, C, R!

그리고 각각의 아래에 20, 20, 30이라는 숫자가 보였다.

'하긴 양혁의 금고라면 그 정도 용량은 감당하고도 남을 테
니까.'

길모는 장호와 자리를 바꾸었다. USB를 꽂은 장호는 노트북
을 헤집고 다니며 쓸 만한 정보를 죄다 옮겨 놓았다.

양혁은 돌아갔다. 그 자리에도 길모는 나서지 않았다. 일부러
그의 조바심을 자극하는 것이다. 싸구려처럼 굴어서는 결코 낚
을 수 없는 대어였다.

대신 그림자를 하나 붙여두었다. 바로 장호였다.

그를 배웅한 혜수가 별실 룸으로 온 건 새벽녘이었다. 별실
도, 1번 룸도 모두 영업이 끝난 것이다 혜수가 들어섰을 때 안에
서는 홍 마담이 일일결산을 보고하고 있었다.

"채 실장, 어서 와."

홍 마담은 혜수를 반겼다.

"오늘 매상 톱이던데?"

그러면서 배시시 웃어 보이는 홍 마담.

"채 실장이요?"

장부를 보던 길모가 고개를 들었다.

"몰랐어? 저번에도 1등 한 번 찍었는데… 잘하면 카날리아가

여인천하가 될 지경이라고."

"여인천하라면?"

"매상 톱은 채 실장, 손님 애간장은 나. 이 정도면 여인천하 아니야?"

홍 마담이 너스레를 떨었다.

"어련하시겠습니까? 그럼 이 참에 나도 성전환 수술을?"

홍 마담의 입담에 응수하는 길모.

"으음, 그것도 나쁘지 않지. 사실 남자들은 같은 값이면 여자 잖아? 만약 채 실장의 관상 실력이 홍 부장과 동급이 되면 채 실장 손님과 매상이 훨씬 많아질걸?"

"그럼 룸을 바꾸면 되겠네요. 채 실장이 별실로 오고 내가 다시 1번 룸으로……."

"조크야. 노계는 퇴장할 테니 영계끼리 잘해보라고. 아니, 스승과 제자인가?"

"그만 놀리시고 애들이나 잘 챙겨서 보내세요."

"오케이!"

홍 마담은 손을 흔들며 별실을 나갔다.

"홍 마담 언니… 진짜 분위기 메이커라니까요."

혜수가 웃으며 자리에 앉았다.

"그렇지?"

"게다가 아가씨들 코치도 제대로고요. 초짜들도 홍 마담 언니 조언 듣고 두어 번 룸에 들어갔다 오면 바로 프로처럼 중심이 잡혀요."

"이 바닥 타짜니까."

"이거요!"

대화를 나누던 혜수가 핸드폰을 내밀었다.

"다 땄어?"

"사장님 특별 지시인데 어쩌겠어요?"

"대충 뼈대만 추려봐."

"치잇, 그렇게 궁금하면 직접 캐든가… 떡밥만 던져 놓고 나가는 바람에 손님들이 툴툴거려서 무마하느라 혼났어요."

"쏘리!"

"보아하니 카지노 진출 노리는 거 같아요. 굉장한 로비를 준비 중인 거 같아요."

"수백억대?"

"쉬쉬하면서 말하는 걸 보니 그런 눈치긴 하던데 좀 과장 아니겠어요? 대개 사업하는 남자들, 술자리 말은 절반이 뻥이니…….."

"그 사람은 아니야."

길모는 다리를 꼬며 잘라 말했다.

"하긴 일단 재백궁에 돈이 쌓였더군요. 세기도 곤란할 정도던데요."

"대충 얼마나 될 거 같아?"

"수백억? 아니, 그 이상… 어휴, 너무 쌓여서 제대로 상을 보기도 어려웠어요."

혜수는 고개를 저었다.

"우리 내기 하나할까?"

듣고 있던 길모가 넌지시 자극을 했다.

"무슨 내기요?"

"양 이사장… 언제 다시 카날리아에 올까?"

"아까 삼 일 후 예약 묻지 않았어요?"

"이틀 후에 올 거야. 혜수는?"

"그 안 실장 아들이 수술에 성공한다는 날이요?"

"응, 내가 던진 미끼야."

"피이, 그럼 내가 쓸 카드는 없어요. 나도 그냥 이틀 후로 가는 수밖에……."

"그날도 도착하면 시간을 끌라고. 내가 바쁘다고 하면서……."

"후끈 몸을 달게 만들어라 이거죠?"

"뭐든 쉬우면 감동이 줄어드는 법이거든."

"알았어요."

"이건 내가 좀 듣고 갈 때 돌려줄게. 전화기에 뭐 비밀 같은 거 든 거 아니지?"

"왜 아니에요? 녹음만 듣고 다른 건 손대지 말아요."

"오케이!"

혜수가 나갔다.

문 닫기는 소리와 함께 길모는 룸에서 녹음한 파일을 돌렸다. 과연 혜수의 말대로였다. 조심하는 눈치지만 간혹 로비와 카지노에 관한 말들이 섞여 나왔다. 그 말들 중에서 길모는 세 이름을 주목했다.

진홍만 국장, 류상근 의원, 차지문 비서관!

재빨리 아까 노트북에서 본 이니셜과 매칭을 시켰다.

'진홍만… J……. 류상근… R……. 차지문… C…….'

이니셜이 맞아 떨어졌다. 그렇다면 벌써 70억여 원이 그들의 주머니로 옮겨갔다는 얘기였다. 생각에 골똘할 때 장호가 돌아왔다.

[자택 확인했어요.]

장호는 잔뜩 상기되어 있었다.

"어떻더냐?"

[그런데 집이 열라 구려요. 그냥 평범한 2층 주택이던데요? 마당도 있는 듯 없는 듯 손바닥만 한…….]

"원래 구린 놈들이 청빈한 척하는 거야. 그러면서 외국 같은 데 운동장만 한 저택이 있겠지. 차명이나 친척 이름으로 말이야. 아무튼 날 밝으면 윤표랑 동원해서 제대로 털어봐라."

[알았어요.]

"키!"

길모가 손을 내밀었다.

[어디 가게요?]

"너 미국 가기 전에 끝내야지. 이런 큰 건을 두고 가면 조바심 나서 수술인들 제대로 받겠냐? 그래서 좀 서두르려고."

[형…….]

"혜수가 단서 몇 개를 잡아왔어. 가서 관상 좀 보고 들어갈 테니까 너도 빨리 끝내고 와라."

길모는 키를 흔들며 룸을 나섰다.

첫 번째 행선지는 문화부였다.

진홍만 국장.

워낙 고위직에 속하니 검색만으로도 근무처를 알 수 있었다. 나머지는 국회의원과 청와대 비서관. 국회의원은 근무처가 따로 없으니 허탕 칠 소지가 있었고 청와대 비서관 역시 공을 좀 들여야 얼굴을 볼 수 있는 상대였다.

'하지만 공무원은……'

문화부 앞으로 가면 볼 수 있었다. 길모는 다운받은 사진을 확인한 후에 시동을 걸었다. 이제 먼동이 트는 시간, 서두르면 출근을 볼 수 있는 타임이었다.

문화체육관광부 앞에 도착한 길모는 가로수에 기대 청사를 바라보았다. 오래지 않아 검은색 차량들이 하나둘 달려오기 시작했다. 그리고… 기다리던 진 국장도 차에서 내렸다.

"……!"

길모는 보았다. 그의 재복궁에 비친 화색. 화색은 콧날 가득해 보였다. 돈이 들어온 날은 보름 전. 집중해 보니 얼추 15억이었다.

양혁의 장부보다 5억이 모자라는 액수. 그건 필경 배달비로 보였다. 구린 돈은 액면대로 입금되지 않는다. 곳곳에서 침을 바르기 때문이었다.

그런데… 재복궁에 비친 화색이 좀 이상해 보였다. 화색은 화색인데 명쾌하질 않은 것이다. 길모는 청사 앞으로 다가가 진 국장의 얼굴을 다시 확인했다. 그래도 느낌은 변하지 않았다. 돈 냄새는 나지만 안개가 서린 듯 아스라한 느낌.

왜일까?

길모가 고개를 심하게 갸웃거렸다.

양혁 때문일까? 큰물처럼 소리가 없던 그의 재복궁. 거기서 나온 돈이라서?

돈. 꽂혔다.

그런데 느낌이 아련했다. 이건 뭘 뜻하는 것일까? 양혁의 상에 매칭을 시켜보지만 그렇다고 의문이 아주 가시지는 않았다. 양혁의 돈이야 재복궁이 깊어서 그렇다지만 진 국장이 받은 돈은 그 정도의 거액은 아니기 때문이었다.

'예를 들면 약속 증서?'

길모는 몇 가지 경우를 머리에 그려 보았다. 재복궁에 신호는 왔지만 진홍만에게 아직 닿지 않은 경우?

'아니……'

길모는 바로 머리를 저었다. 노트북의 파일로 미루어보아 돈은 이미 세 사람에게 넘어갔다. 물론, 수중에 들어가지 않았을 수는 있었다. 다른 경우라면 타인 명의의 대포통장으로 입금을 했을 수도 있었다. 일단 여러 경우의 수를 고려한 길모는 다시 서울로 차를 몰았다.

그렇다고 오피스텔로 돌아간 건 아니었다. 아무래도 진홍만의 느낌이 마음에 걸렸다. 그래서 도중의 휴게소에서 검색을 했다. 다행히 류상근 의원이 국회에 있었다. 소속 상임위가 열려 거기 참석한 모양이었다. 길모는 국회로 차를 몰았다.

상임위는 개판이었다. 여야가 정쟁으로 치달으면서 파장이 된 모양이었다. 그 덕에 길모는 류 의원을 쉽게 보게 되었다. 그가 보좌관들과 함께 핏대를 올리며 나왔기 때문이었다.

"저 따위로 하니까 나라가 이 꼴이지."

뭔가 마음대로 안 된 것일까? 류 의원은 의사당을 돌아보며 분노를 뿜어댔다.

"진정하십시오."

옆에서 보좌관들이 위로의 말을 건넸다.

"응, 야당은 무조건 태클만 걸면 되는 거냐고? 경제를 살려서 국민민생을 도모해야지."

앞에 몰려든 기자들을 의식한 모양이다. 류 의원의 목청이 점점 커지고 있었다.

펑펑!

기자들이 카메라를 터뜨리며 몰려들었다. 대다수가 젊은 여기자들이다. 그러고 보면 기자도 여초현상을 보이고 있었다.

"의원님, 카지노 심사 기준은 잡힌 겁니까?"

"대기업 중심으로 흐를 거라는 말이 있던데요?"

기자들은 집요하게 따라붙으며 카더라 통신의 확인을 요청했다.

"이번 카지노 신규사업자 진출은 유사 이래 최고의 공정성으로 심사가 진행될 겁니다. 두고 보십시오."

류 의원이 기개를 뿜었다. 소관 상임위원장을 맡은 류상근. 오늘만은 그 위상이 하늘을 찌르고 있었다.

"최종 기준을 통과할 것 같은 후보자는 어디 어디입니까?"

"FKC 같은 군소 컨소시움은 불리하지 않은 겁니까?"

거기서 안경을 낀 여기자 하나가 낯익은 단어를 토해냈다.

"모든 게 공정합니다. 지켜보시라고 하지 않습니까?"

세단 앞에서 류 의원이 목에 힘을 주었다. 부러질 듯 힘이 들어간 그의 얼굴에 길모의 시선이 맞춰졌다.

"......!"

하지만 길모의 안광은 진 국장에게서와 마찬가지로 구겨졌다. 아니, 그것과 영락없이 똑같았다.

'이 사람의 재복궁 느낌도 똑같다.'

세종시에서부터 따라온 나른함이 겹쳐졌다. 그렇다면 두 사람의 로비자금에 대한 과정이나 처리가 같다는 반증. 길모는 그렇게 결론을 내렸다.

거기까지 왔으니 내처 청와대로 향했다.

청와대!

이전의 두 곳과 사뭇 달랐다. 경내가 멀어 주차장까지도 접근이 곤란했던 것이다. 더구나 답답한 건 저 안에 차지문 비서관이 있는지도 알 수 없다는 것이다.

길모는 그동안 친분을 쌓아온 사람들을 하나하나 스캔해 나갔다. 그러자 인사수석 장광윤과 오재명 보좌관이 떠올랐다.

'청와대도 사람이 사는 곳......'

길모는 직통 번호를 눌렀다. 여기까지 왔으니 일단 시도해 볼 일이었다.

다행히 오 보좌관이 나와 주었다.

"홍 부장님!"

"안녕하세요?"

"근처에 볼일이 있어서 왔다고요?"

오 보좌관이 물었다.

"예. 원래 이 집은 쳐다보기도 부담스러운데 갑자기 보좌관님 생각이 나길래… 청와대 사람들은 전화받을까 궁금해서 한 번 해봤습니다."

"에이, 청와대는 뭐 별다릅니까? 여기도 직장이고 우리도 사람이거든요. 들어가서 커피 한잔하실래요?"

"제가 들어가도 됩니까?"

"왜 이러십니까? 그렇잖아도 저희가 큰 신세를 진 판에……."

"그럼 커피 한 잔만……. 여기 커피 맛이 궁금하거든요."

"들어오세요."

오 보좌관이 앞장을 섰다. 길모는 방문실에서 신분증을 제시하고 방문증을 받았다. 그걸 목에 거니 무슨 국가요인이라도 된 듯한 느낌이었다.

"제 사무실로 가시죠. 그런데 마침 장 수석님은 부처에 협의차 나간 터라……."

"아닙니다. 저는 그냥 여기 툭 트인 곳에서 차나 마시고 가겠습니다. 곧 가게 문 열어야 하거든요."

"어, 그럼 제가 미안한데……."

"저번 원수 갚으세요. 저도 처음에 주차장에서 술판 벌여드리지 않았습니까?"

"하핫, 그러고 보니 그렇군요. 뭐 그것도 나쁘지 않은 거 같으니 조금만 기다리세요."

오 보좌관은 흔쾌히 안으로 들어갔다.

길모는 넓은 잔디밭을 등지고 주차장을 바라보았다. 나란히 주차된 차량들이 보였다. 차량도 특별하지 않았다. 어쩌면 카날리아의 주차장에 들어선 고급 외제차량의 행렬보다도 못해 보였다.

"아이고, 이거 마침 원두가 떨어져서 제가 직접 탄 건데 어떨지 모르겠습니다."

잠시 후에 오 보좌관이 돌아왔다. 길모는 그가 내미는 커피를 받아 들었다.

"그렇잖아도 수석님이 인사 한 번 드릴 참이었는데 워낙 카날리아가 술값이 비싸서 말이죠……."

"말씀만 들어도 고맙습니다."

"아니, 진짜입니다. 아마 근래의 인사 검증이 끝나면 한 번은 들리실 겁니다. 지난 번 총리인선 건에 무척 고마워하고 계시거든요."

"또 인선 부탁이라면 저는 사절입니다."

"하핫, 걱정 않으셔도 됩니다. 저희도 웬만한 건 자체 검증시스템으로 다 걸러내니까요."

"오 보좌관님은 관골이 훤해졌네요. 아마 이달 안으로 승진할 거 같은데요?"

"으아, 역시 귀신이시네. 그거 오늘 아침에 전해들은 말인데……."

"미리 축하드립니다."

"고맙습니다. 이거 우리 마누라도 모르는 극비사항인데 관상왕 앞에서는 비밀도 없군요."

오 보좌관이 웃었다.

"그나저나 저기 차량들 말입니다. 수석님들은 대개 어떤 차를 타고 다니시죠? 생각보다는 차가 좋지 않은 거 같은데요?"

길모가 차량들을 보며 물었다.

"아무리 청와대라도 기본적으로 공무원 아닙니까? 수석님들도 중형차 많이들 타세요. 저기 차는 김 수석님, 그 옆은 윤 수석님, 또 그 옆의 차는 차 수석님……."

차 수석!

길모가 궁금하던 이름이 나왔다. 그렇다면 차지문은 청와대 안에 있다는 뜻. 길모는 차지문의 차량 번호를 재빨리 머리에 넣었다.

그런데, 그런 수고를 덜어주는 일이 생겼다. 경내에서 차지문이 나온 것이다. 차지문은 혼자가 아니었다. 또 다른 보좌관이 그를 수행하고 있었다.

"나가십니까?"

오재명이 차지문을 바라보며 인사를 올렸다.

"어, 수고하라고!"

차지문이 손을 들어 보였다. 길모는 그 장면을 놓치지 않았다. 짧은 시간이었지만 재빨리 그의 상을 읽어낸 것이다.

부웅!

차지문의 차량은 부드럽게 정문으로 향했다.

"차 수석님이십니다. 요즘 여러 신규 사업 때문에 정신이 없으시죠."

오 보좌관이 커피를 마저 마시며 말했다. 길모도 남은 커피를 한 방에 마셔 버렸다.

"덕분에 촌놈이 청와대 커피 잘 마셨습니다."

"가시게요?"

"네, 가게 문 열 시간이……."

"아, 이렇게 가면 미안한데……."

"아닙니다. 여기서 커피 마신 게 어딘데요? 그럼……."

길모는 인사를 남기고 돌아섰다. 오재명은 정문까지 따라나와 길모를 배웅했다.

유료 주차장으로 나온 길모는 키를 차에 꽂았다. 시동이 걸릴 즈음, 가만히 차지문의 관상을 복기했다.

'셋 다 동일!'

진홍만, 류상근, 차지문, 셋의 재복궁에서 뿜어져 나오는 느낌은 한결같았다. 하나도 아니고 셋. 그렇다면 셋을 같은 방식으로 로비했다는 뜻. 그런데, 대체 어째서 그런 지는 명쾌하게 감이 오지 않았다.

'어딘가 묻어두고 나중에 일이 성사가 되면 그때 파가기로 한 건가?'

오죽하면 아이들 동화 같은 추리를 하며 길모는 주차장을 빠져나왔다.

*　　　　*　　　　*

2층 단독주택, 재단 사무실, 양평의 별장!

오피스텔로 돌아오자 장호가 양혁의 거처 화면을 펼쳐 보였다. 세 장소의 공통점이 있었다. 아주 검소하고 소박해 보인다는 것. 주택은 말할 것도 없었고, 재단 건물도 낡은 5층 빌딩의 꼭대기 층, 나아가 별장은 이름만 별장이지 산속의 허름한 집에 불과했다.

[별장에는 집사 같은 사람도 없었어요.]

장호가 물을 마시며 수화를 그렸다.

"보안은?"

[CCTV도 없어요. 주택도 그렇고, 재단 사무실도 입구에 하나…….]

길모의 눈빛이 한곳으로 모아졌다.

무주공산!

그 단어가 스쳐 갔다. 아무리 허허실실이기로 그렇게 꽉 찬 재복궁을 그렇게 방치할 수는 없었다.

제아무리 견고한 금고도 불에 탄다. 방화성이 있다지만 장시간 불을 받으면 장담할 수 없는 것이다. 그런데 별장지기조차 없다면?

주택도 마찬가지였다. 지하실도 없는 구식 2층 주택. 온 방 가득 금고를 들였다면 모를까 거금을 유치할 금고의 공간도 부족했다.

"어려운데?"

길모는 고개를 좌우로 저었다. 여전히 양혁의 재복궁, 거기서 읽은 낯선 생경함이 마음에 걸리고 있었다.

[그럼 사기라는 거예요?]

지켜보던 장호가 물었다.

"사기?"

[돈이 없으면서 있는 척…….]

사기……. 그럴 수도 있었다.

그러나 아니었다. 그 정도를 구분 못 할 길모가 아니었다.

"아니야. 그 인간의 재복궁은 분명 꽉 차 있었어. 더구나……."

손의 울림, 그건 빗나가 본 적이 없었다.

[아니면 다른 사람 명의로 예치?

"응?"

[그럴 수도 있잖아요? 워낙 구린 인간들은 대포통장도 많으니까.]

"아니, 그것도 몇 억이지……."

[으아, 그럼 뭐예요? 저번에 호수에 금고를 박아둔 인간처럼 어디다 땅굴이라도 파고?]

'땅굴?'

[그것도 아니면… 아, 그럴 수도 있겠다.]

수화를 그린 장호가 손뼉을 쳤다.

"뭐?"

[스위스 비밀계좌!]

"스위스 비밀계좌?"

[가능성 있잖아요? 그 인간은 로비스트라면서요? 소설 같은 거 보면 원래 무기중개상들이 그런 짓 잘하잖아요?]

'스위스 비밀계좌?'

[아니면 초고가 물방울 다이아몬드로 바꿔서…….]

"검색 좀 해봐라."

길모, 뭔가 떠오르는 게 있어 장호를 노트북 앞에 우겨 앉혔다.

[키워드요!]

"네가 말했잖아? 비밀계좌!"

[오케이, 기다리세요.]

수화를 그린 장호의 손이 키보드 위를 날아다니기 시작했다. 비밀계좌에 대한 검색은 많고도 많았다. 너무 많아 뭐부터 봐야 할지 헷갈릴 정도였다.

"일단 스위스부터 챙겨보자."

길모는 익숙한 길을 선택했다. 스위스 은행들은 고객의 정보를 지켜주기로 명성이 자자하니까.

[어, 그런데 스위스에서 비밀계좌를 폐지한다는데요?]

"뭐야?"

[에헷, 지금 당장이 아니고 몇 년 후부터라네요.]

기사를 수화로 그리던 장호가 목덜미를 긁었다.

"나 지금 집중하고 있거든."

[미안해요. 이 기사보고 화들짝 놀란 인간들 많을 거 같아서요. 나 같으면 이제 스위스에 비밀 계좌 안 터요.]

"그럼?"

스위스 검색결과를 살피던 길모가 고개를 들었다.

[솔직히 구린 돈 세탁하는 곳이 스위스밖에 없나요? 실제로 기업들은 스위스나 오스트리아보다 영국령 버진 아일랜드에 페이퍼 컴퍼니를 더 많이 만든다고요.]

"페이퍼 컴퍼니?"

[이름뿐인 유령회사 말이에요. 거기서 돈 세탁하면 되잖아요?]

"그렇군……."

[그 옆 기사 보세요. 국내의 많은 돈세탁들이 거기를 거쳤죠? 거기뿐만 아니라 아랍 쪽의 은행도 이용되죠?]

"정말이냐?"

[비켜보세요.]

장호를 길모를 밀어내고 또 검색어를 쳐댔다.

[보세요. 아랍권의 은행 중에는 일반고객을 상대로 하지 않는 게 많아요. 이런 데다 계좌를 트고 모든 기록을 은행 내부에 보관해 달라고 하는 걸 '홀드 메일'이라고 하는데 이렇게 하면 페이퍼 컴퍼니 기록이 외부에 나오지 않는다고요.]

장호는 긴 기사를 띄워놓고 자랑스럽게 말했다.

"그거 모순 아니냐? 일반 고객을 상대하지 않는다며?"

[바로 거기에 함정이 있어요. 개인 예금을 안 받지만 거액의 고객이라면 얘기가 달라지잖아요? 예를 들어 천문학적인 돈이라면…….]

"……?"

[게다가 아랍권 은행에 아랍인만 근무하는 게 아니래요. 이 은행들도 세계 곳곳에 지점이 있다 보니 글로벌하게 직원을 채용하고 있고 따라서 한국인도 있다고요.]

한국인!

구미가 동하는 단어가 나왔다.

"해외 비밀계좌라……."

해외은행에 개설된 비밀계좌. 자기 이름으로 개설하지 않았을 수도 있었다. 그렇게 되면 돈이 들어온다는 기대감만 있지

보지도 만지지도 못했을 터.

"오케이, 그럼 말난 김에 양혁의 파일 한 번 낱낱이 훑어보자. 진짜 그렇다면 뭐가 나와도 나오겠지."

길모가 장호 곁으로 바짝 다가앉았다.

30분, 1시간······.

마치 현미경 속의 세균을 살피듯 파일을 훑어내는 것도 쉬운 일은 아니었다. 장호는 화면을 보고 길모는 출력된 인쇄물을 살폈지만 의심이 갈 만한 사안은 나오지 않았다. 그때 벨소리가 들렸다.

[혜수 누나예요!]

비디오폰을 확인한 장호가 소리쳤다. 혜수는 따끈한 도시락을 사 들고 들어섰다.

"어우, 방 꼴 좀 봐. 내가 이럴 줄 알았다니까."

출력된 종이로 마구 어질러진 테이블을 보며 혜수가 혀를 찼다.

"미안, 남자들 사는 곳이 다 이렇지 뭐."

길모가 어깨를 으쓱해 보였다.

"밥은 먹고 하는 거예요?"

"대충······."

"잠은요?"

"그것도 대충······."

"뭘 하는지 모르지만 이리들 와서 이거나 먹어요."

혜수는 도시락을 주방 테이블 위에 펼쳤다.

"땡큐!"

길모는 냉큼 옮겨왔다. 그렇잖아도 속이 출출하던 차였다.

"이건 다 버리는 거예요?"

길모와 장호가 도시락을 깔 때 혜수가 흩어진 종이를 모으며 물었다.

"NO, 어제 온 양혁 이사장 있잖아? 혹시 구린 돈을 해외 비밀계좌에 묻어났나 해서 찾고 있는데 완전 한강 백사장에서 바늘 찾기네."

"그럼 이게 그 사람 서류란 말이에요?"

혜수가 종이를 흔들자 길모와 장호의 동작이 멈추었다. 그러고 보니 차문을 따고 노트북을 해킹한 걸 혜수는 모르고 있었다.

"어… 장호가 그 차 앞에서 USB를 하나 주웠는데 그게 들었더라고."

길모는 얼른 둘러댔다.

"은행 계좌면… 이거 같은데 이걸 못 찾고 방을 온통 어지른 거예요?"

혜수, 맨 앞쪽의 종이를 집어 들더니 허공에 대고 흔들었다. 밥알을 한가득 물었던 길모가 재빨리 달려가 종이를 받아 들었다.

'맙소사!'

거기 있었다. 눈알이 빠지도록 뒤져도 보이지 않던 해외계좌 관련 기록들…… 장호까지 달려와 확인했지만 아무래도 맞는 것만 같았다.

"땡큐!"

길모는 밥알이 물은 채 혜수를 당겨 키스를 날렸다.

"아, 진짜… 밥하고 고춧가루 묻잖아요?"

혜수가 괜한 짜증을 냈지만 길모는 오히려 따따블로 키스를 이어갔다. 애타게 찾던 단서를 확보한 것이다.

제5장

개의 관상

혜수를 미용실로 보낸 길모는 눈을 감고 양혁의 관상을 복기했다. 다른 것은 죄다 치워 버렸다. 길모가 노리는 건 오직 재복궁이었다.

'돈아, 어느 금고에 쌓였냐?'

코는 얼굴의 대들보… 그 대들보를 현미경을 대듯 낱낱이 분해해 나갔다.

산근, 연상, 수상, 준부!

그리고 우측 콧방울인 정위와 좌측 콧방울 난대…….

돈은 쉼 없이 들어와 쌓였다. 그 일부는 전택궁으로 올라가 부동산이 되었다. 그가 끌어 모은 산과 들판은 차라리 초원이었다. 현금과 부동산은 순환을 이루며 금고를 채워 나갔다. 10억이 되자 100억이 되었고, 그때부터는 기하급수적으로 빠르게 탄력이 붙었다.

그런데!

흐름이 바뀌었다. 가까운 곳에서 흐르던 돈의 물줄기가 아련해진 것이다.

'후읍!'

길모는 집중하고 집중했다. 이걸 풀어야 했다. 그래야만 추측이 성사될 수 있었다. 나른해지는 의식을 추스르며 길모는 척추의 신경을 바짝 끌어당겼다.

그러자 양혁의 돈줄기가 투명해지는 게 보였다. 있긴 있으되 보이지 않는 돈. 예상대로 해외계좌로 옮겨간 것이다.

'후우!'

겨우 돈줄기의 흐름을 확인한 길모, 휘청거리는 몸을 가누지 못하고 그대로 쓰러져 버렸다.

[형, 괜찮아요?]

창가에서 책을 읽던 장호가 달려왔다.

"물 좀 줄래?"

[알았어요.]

장호는 바로 생수를 가져다주었다. 길모는 숨도 쉬지 않고 한 컵을 다 마셨다. 그래도 모자라 한 컵을 더 청했다. 그것까지 넘기고 나서야 겨우 정신줄을 바로 세울 수 있었다.

[뭐 좀 나왔어요?]

눈치 빠른 장호가 물었다.

"그래."

[우와!]

"양혁… 금고를 외국으로 옮긴 게 맞아. 다는 아니지만 대부분……."

[우와아!]

"재복궁이 아련하거든. 재물이 몸에서 멀리 있다는 반증이지."

[형은 정말…….]

장호는 혀를 내둘렀다. 신이 아니고서는 알 수 없는 일. 그 일을 길모의 관상이 해내고 있었다.

"틀리지 않기를 바라자."

[형 관상이니까 무조건 믿어요. 하지만…….]

장호가 울상을 지었다. 금고를 파악한 건 다행스러운 일이지만 한편으로는 비보에 가까웠다. 해외에 있다면 어떻게 턴단 말인가? 그건 미다스의 손을 자랑하는 길모로서도 어쩔 수 없는 일이었다.

"비행기를 한 대 살까?"

길모는 그래도 낙관적이었다. 시작부터 쫄 필요는 없었다. 길이 아니면 길을 내면 그만.

[형…….]

"걱정 마라. 꼭 금고를 열어서 털어야 맛이냐? 박길제처럼 제 손으로 뿌리게 하는 방법도 있잖냐?"

[아, 맞다!]

장호가 손뼉을 치며 좋아했다.

"일단 대충 감은 잡았으니 한잠 때리자. 당장 세상이 어떻게 될 것도 아니고…….."

가슴에 내려앉은 궁금증을 덜어낸 길모, 그제야 벌렁 침대에 누워버렸다.

[좋아요. 그렇잖아도 잠이 눈꺼풀을 뭉개는 판이었는데…….]

장호도 따라 누웠다. 오래지 않아 두 남자의 코 고는 소리가 울려 퍼졌다. 밖에서는 해가 뉘엿뉘엿 기울고 있었다.

디로롱롱롱!

"아음……."

디로롱롱!

"아, 누가 진짜……."

비몽사몽 손을 뻗은 길모, 침대를 더듬다 전화기를 잡았다.

"네, 홍 부장입니다."

겨우 목청을 가다듬으며 전화를 받은 길모. 바로 용수철처럼 튀어 오르고 말았다.

"으악!"

비명이 이어지자 장호도 겨우 눈을 떴다.

[왜요? 무슨 일……?]

그제야 장호도 상황을 깨달았다. 출근할 시간이 훌쩍 지나버린 것이다.

[으아, 일곱 시가 다 되어가요.]

"야, 빨리 나가서 시동 걸어라."

[그러고 나가려고요?]

장호가 길모를 바라보았다. 볼썽사납게도 길모의 아랫도리는 사각팬티 차림이었다.

"아······! 칫솔은 어디 갔지?"

둘은 선불 맞은 노루처럼 경중경중 뛰었다. 하지만 남자들은 나름 신공이 있었다. 둘은 고작 5분여 후에 차에 올랐다. 고양이 세수에 전광석화 양치질, 그리고 침과 물을 섞은 즉석 헤어젤(?)로 머리단장까지 마친 것이다.

"밟아라!"

[알았어요.]

장호가 시동을 걸었다. 그런 다음 폭풍질주를 시작했다, 그사이에도 예약 전화와 홍 마담의 전화가 빗발을 치고 있었다.

카날리아에 도착하자 8시가 가까웠다. 가게를 인수한 후에, 늦잠을 자기는 처음이었다.

"어떻게 된 거야? 연락도 없이 늦다니······."

홍 마담이 뛰어나와 눈을 흘겨댔다.

"나 찾는 손님 왔었어요?"

"그건 아니지만 리더가 안 오니 다들 걱정하잖아?"

"죽을죄를 지었습니다."

"장호, 너는? 너라도 문자 좀 받든가?"

홍 마담의 불똥이 장호에게로 튀었다.

[죄송합니다.]

길모와 장호를 건성으로 인사를 하고는 별실 룸으로 들어갔다. 그래도 룸 청소는 완벽하게 끝난 후였다. 누군의 소행(?)인지는 뒤따라온 홍 마담에게 들었다.

"숙희가 싹 치우고 갔어. 걔 진짜 변했더라."

숙희! 그 이름을 들은 길모가 웃었다. 얼굴만 아까노끼가 아니었다. 숙희는 이제 의심할 바 없는 카날리아의 간판 에이스가 분명했다.

장호와 홍 마담이 나간 후에 길모는 명함철을 넘겼다. 양혁을 낚을 낚싯줄로 누가 마땅할까 살피는 것이다. 그러다 한 명함에서 시선이 멈췄다. 우리일보 공재도 부장이었다.

"안녕하세요? 부장님!"

간간히 안부 전화는 받았지만 만난 지 꽤 된 사람. 언론사에 근무하고 있으니 이번 조력자로 안성맞춤인 그였다.

—기꺼이 가드리지요.

길모의 청을 수락하는 공 부장의 목소리는 밝았다. 첫 번째 예약 손님 후의 간격에 공 부장을 초대한 길모. 첫 손님을 맞을 준비에 나섰다.

그런데, 문제가 생겼다.

컹컹컹!

주차장에서 나는 소란을 들은 길모가 별실에서 나왔다. 주차장으로 가보니 이 부장과 홍 마담이 나와 있었다. 소란의 주범은 커다란 개였다.

"홍 부장!"

손님과 실랑이를 벌이던 홍 마담이 길모를 돌아보았다.

"무슨 일이죠?"

"이분이… 이 부장님 예약인데… 개를 데리고 오셔서……."

홍 마담이 개를 가리켰다. 개는 사람 못지않게 컸고 사자를 닮았다. 눈을 가린 긴 털로 인해 사나움은 덜해 보이지만 마뜩치 않은 건 사실이었다.

"당신이 홍 부장이야?"

주인의 목소리는 뒤쪽에서 들려왔다. 요란한 스포츠카와는 반대 방향이었다. 그는 뭘 집어던졌는지 손을 털고 있었다.

[개가 먹던 먹이를 저기다……]

함께 나와 있던 장호가 수화를 날렸다. 이럴 때는 말보다 긴요한 게 수화였다. 손님의 기분을 건드릴 소지가 없었기 때문이었다.

"죄송하지만 개를 데리고 입장하시려는 건지요?"

상황을 파악한 길모가 정중히 물었다.

"그래. 왜? 안 돼?"

이제 갓 서른쯤 된 귀공자. 선글라스를 걸친 채 삐딱하게 되물었다.

"죄송하지만 개는 입장시킬 수 없습니다."

"누구 마음대로?"

귀공자가 딴죽을 걸고 나왔다.

"아무래도 여러 손님들이 계시다 보니……."

"그게 뭐가 문제인데? 내가 룸 예약하고 내가 돈 내는데?"

"……."

"잔소리 말고 안내해. 우리 세인트 감기 걸려."

귀공자는 삽살개를 번쩍 안아 들었다.

"손님, 죄송하지만……."

이 부장이 나서 다시 제지를 했다.

"야, 사람 말이 말 같지 않아? 여기 관상이 끝내준다더니 구

개의 관상 149

라였어?'

귀공자가 목청을 높였다.

"그런 걸 떠나서 개는… 더구나 이렇게 큰 개는……."

이 부장이 울상을 지었다. 그 또한 사정을 모르고 예약을 받은 덕분이었다. 그때 귀공자가 충격적인 말을 덧붙이고 나섰다.

"아니, 나 이 개 관상을 보려고 왔거든. 그런데 왜 안 된다는 거야? 돈 낸다는데!"

개! 그 한마디에 주차장은 쑥대밭이 되고 말았다. 사람의 관상이 아니고 개? 그러고 보니 개의 네 발에서 뭔가가 반짝거렸다.

'맙소사!'

그걸 본 길모는 벌린 입을 다물지 못했다. 개의 네 다리에 채워진 시계는 아이폰 시계였다. 그것도 가장 비싼 로즈 골드 에디션… 물경 1,300만 원에 이르는 초고가의 시계. 하나도 아니고 네 개였다.

"뭐야? 아이폰 시계 처음 봐?"

귀공자가 비숙하게 꼬나보며 물었다.

"……."

아무도 대답하지 않았다. 처음 보는 까닭도 있었지만 기가 막힌 덕분이었다.

"이 부장? 내가 강제로 예약했어? 관상 볼 수 있다고 했지? 그래서 내가 예약금까지 디밀었잖아? 이거 법으로 따질까? 우리 사촌형이 검찰청 부부장인데 잠깐 초빙해서 따져 봐?"

귀공자가 이 부장을 닦아세웠다.

"아무리 그래도……."

이 부장은 식은땀 범벅이다. 누가 알았을까? 관상을 보려는 게 사람이 아니고 개라는 사실을.

"모시세요!"

지켜보던 길모의 입이 열렸다.

"홍 부장!"

이 부장이 고개를 들었다.

"예약을 받았으면 모셔야죠. 그렇지 않습니까?"

길모가 말했다.

"그렇지? 이야, 이 친구 관상박사라더니 마음에 드네."

귀공자가 다가와 길모의 어깨를 두드렸다.

허얼!

하늘을 찌르는 오만과 싸가지를 제대로 상실한 태도.

어이가 없었지만 별수 없었다. 일단 룸으로 들이는 수밖에. 그렇지 않고 이런 소란을 보인다면 오던 손님들도 죄다 돌아갈 판이었다.

"대신 짖지 않게 부탁드립니다."

길모는 딱 하나의 옵션을 걸었다.

"그건 걱정 말라고. 우리 세인트는 시시한 인간보다 비씬 놈이야. 위생환경이 좋으면 절대 짖지 않으니까."

귀공자는 너무나 당당하게 길모를 바라보았다.

"홍 부장……."

이 부장이 길모의 손을 잡아 당겼다.

"진짜 저 인간을 받으라고?"

"그럼 어쩌시게요? 보아하니 개망나니라 안 받으면 깽판 칠 거 같은데……."

길모가 웃었다.

"그렇다고 개를 룸에 받아? 개 관상을 봐?"

"관상은 제가 알아서 하겠습니다."

"아, 저러다 개 양주를 내놓으라고 하면? 개가 먹을 안주를 내놓으라고 하면?"

"형님, 저 친구는 누구 소개로 왔습니까?"

"장국서! 내 이 새끼를 그냥!"

장국서는 중년의 연예인. 이 부장의 오랜 단골이었다. 길모는 전화기를 뽑는 이 부장의 손을 막았다.

"그냥 술 한잔 먹여서 보내는 게 더 조용할 겁니다."

"홍 부장……."

"간만에 진상 처리 한 번 해볼게요."

길모는 이 부장을 안심시켰다. 이 부장은 한숨과 함께 들었던 핸드폰을 집어넣었다.

진상 처리!

길모 입에서 오랜만에 나온 말이었다. 기왕에 기분 내는 것 1번 룸으로 모셨다. 추억의 1번 룸. 한때는 바로 진상 처리 전문 룸이 아니었던가?

"어떠냐?"

길모, 복도에서 장호를 바라보며 물었다.

[진상 처리요?]

"그래. 너도 개 데리고 온 개 같은 놈은 처음이지?"

[예!]

"일단 간부터 봐라. 진짜 진상인지, 아니면 어디서 받은 스트레스 때문에 그러는 건지……."

[에이, 딱 보면 견적 나오잖아요? 개 다리에 무슨 아이폰 시계…….]

"그런가?"

[게다가 말하는 싸가지 보세요. 전 진상이 아니라 개진상이라고요.]

"그거 말 되네. 개를 데려온 주인이니 개진상!"

[시작할까요?]

"그 전에 몇 가지 준비 좀 하자."

[말씀만 하십시오.]

"저 개 좀 검색해 봐라."

[알았어요.]

장호의 손이 핸드폰 위를 날아다녔다.

[티베탄 마스티프도 종. 짱오라고도 불리는 사자개인데 20억에 팔린 기록도 있어요.]

'20억.'

비싸긴 비쌌다.

"그리고 비싼 고기 요리……."

[술안주로 들여서 눈탱이 치게요?]

"아니, 개 식사 준비해야지."

[예?]

"그냥 시키는 대로 해. 아무튼 제일 비쌀 것!"

[알았어요.]

"오케이. 렛츠 고!"

길모의 지시가 떨어졌다. 처음에는 눈살을 찌푸렸었지만 길모는 이제 콧노래를 흥얼거렸다. 텐프로라고 다 신사만 오는 건 아니다. 관상왕이 있다고 해서 사람만 관상을 보러오는 것도 아닌 세상이다. 그렇다면 고객의 취향에 맞추면 그뿐이었다.

'돈안견유돈 불안견유불(豚眼見惟豚 佛眼見惟佛)!'

돼지 눈에는 돼지가, 부처 눈에는 부처가 보이는 법. 길모는 넥타이를 단정히 매고 1번 룸의 손잡이를 잡았다. 고객의 요구대로 개의 관상을 보려는 것이다.

사람이 아닌, 개의 관상을!

일단 초이스부터 시작했다. 아가씨는 보도에서 불렀다. 밴이 무려 세 대가 도착했다. 다찌방부터 노래방 언니들도 붙었다. 나이 어리고 몸매만 되면 다 불러온 것이다.

물론 옵션이 있었다. 뺀찌를 맞아도 5만 원 보장. 그렇다면 그녀들에게는 밑지는 일이 아니었다.

"다 들어와!"

길모는 복도에 대기 중인 아가씨들을 한꺼번에 밀어 넣었다. 룸에 들어선 아가씨는 20명에 가까웠다.

"초이스 하시죠."

길모가 정중히 선택을 권했다.

"……!"

귀공자는 야리한 미소를 머금었다. 가소롭다는 뜻이다. 원래

헤프면 소중한 걸 모르는 법. 에이스급이 아닌 탓도 있지만 도긴개긴인 아가씨들이 옆으로 나란히를 하고 있으니 선택이 쉬울 리 없었다.

그런데 이 인간이 초이스를 시도하기 시작했다. 그것도 개를 내세워서!

"세인트, 하나 골라라."

귀공자가 개 엉덩이를 쳤다. 그러자 아이폰 시계를 네 개나 찬 개가 소파에서 일어섰다. 이놈은 바닥이 아니라 테이블로 기어 올라갔다.

"가까이!"

귀공자가 명령을 내렸다. 아가씨들이 한 발 다가섰다. 개가 냄새를 맡기 시작했다. 그러더니 한 아가씨 앞에서 끙끙 목 앓는 소리를 냈다.

"너!"

20대 초반의 조그만 아가씨였다. 얼핏 보면 귀여워 보이지만 천상 노래방에서나 통할 비주얼.

"낮에 뭐해?"

"애견 미용실 알바……."

아가씨가 기어들어 가는 소리를 냈다.

"세인트 옆에 앉아."

그녀, 초이스를 받았다.

개 시중을 드는 여자로!

"어이, 뉴 페이스 없어? 텐프로 퀄리티가 왜 이래?"

귀공자는 지갑을 열더니 수표를 몇 장 꺼내서 길모 주머니에

쑤셔 넣었다. 에이스를 데려오라는 말이었다.

"죄송하지만 에이스들은 다 지명손님이 오셔서요."

"얼마나 기다려야 하는데?"

"인사 정도는 언제든 가능합니다."

"데려와 봐."

귀공자의 오만은 하늘을 찔러댔다.

'누굴 데려올까요?'

뒤에 서 있던 혜수가 눈짓을 보내왔다.

'숙희!'

길모가 신호를 보냈다. 혜수는 군소리없이 룸을 나갔다.

"처음 뵙겠습니다."

슬립 타입의 하늘거리는 원피스를 입은 숙희가 들어와 아가씨들 앞에 섰다. 그러자 서광이 뿜어져 나왔다. 그저 그런 아가씨들 앞에 선 떠오는 신성 숙희. 어쩌면 여신강림을 보는 것만 같았다.

"앉아!"

귀공자도 첫눈에 맞이 갔다. 재고 말 것도 없이 옆자리를 권했다.

"지명 손님이 계셔서요. 술만 한 잔 올리고 다시 오겠습니다."

숙희가 술병을 들자, 귀공자는 눈살을 찌푸렸다. 하지만 곧 술을 받았다. 숙희는 가벼운 묵례를 남기고 나갔다. 걸어 나가는 뒤태도 예술이었다.

'꿀꺽!'

귀공자의 침 넘어가는 소리를 들으며 길모는 보도와 다찌에서 온 아가씨들을 퇴장시켰다.

이어 장호가 안주를 들여오기 시작했다. 장호는 안주의 대부분을 개 앞에 세팅시켜 놓았다. 눈치 없는 보도 아가씨, 귀공자가 술을 넘기자 고급스러운 안주를 집어 입 앞에 대령했다. 지켜보던 길모가 넌지시 한마디를 던졌다.

"그건 개 안주야."

"네?"

놀란 아가씨가 눈을 동그랗게 떴다. 그녀는 바로 안주를 바꿨지만 길모의 목소리는 똑같이 흘러나왔다.

"그것도!"

하지만 아가씨만큼 길모도 놀라게 되었다. 귀공자가 개 안주를 집어 들더니 절반을 먹고 나머지를 개에게 먹인 것이다.

어이상실!

귀공자에게 있어 개는 그냥 가족이었다. 동생이었다. 안주를 입에 물고 개에게 주질 않나, 개가 얼굴 핥는 걸 반기질 않나… 그야말로 개판 5분 후였다.

"술을 어느 분에게 먼저 줘야 할까요?"

길모, 술병을 들고 귀공자에게 물었다. 개를 끔찍이 아끼는 인간이니 염장을 지르는 것이다.

"따라!"

귀공자가 잔을 받았다. 그는 절반을 마시고 나머지를 개에게 먹여주었다.

컹!

독주가 들어가자 개가 밭은 소리를 냈다.

"야, 물 먹여!"

귀공자가 아가씨에게 짜증을 부렸다. 아가씨가 허둥거리자 귀공자의 손이 허공으로 올라갔다.

"똑바로 안 해? 너 우리 세인트가 얼마짜리인 줄 알아?"

따귀를 치지는 않았지만 눈빛과 손은 아가씨를 몇 번이고 후려치고도 남을 기세였다.

"개 관상을 보러 왔다고 하셨죠?"

길모, 더 바라보는 것도 역겨워 본론으로 들어갔다.

"왜? 복채 필요해?"

"아시는군요."

길모가 웃으며 답했다. 귀공자는 지갑을 열더니 500만 원을 꺼내놓았다. 길모는 받지 않았다.

"왜? 너무 많아서? 내가 기분으로 주는 거니까 집어넣고 잘 보기나 해."

귀공자가 수표를 흔들었다.

"그 반대입니다."

길모가 답했다.

"반대?"

"그 개… 얼마짜리입니까?"

"맞춰봐."

"원래는 이십억 원쯤 하는데 주인을 잘 만나 부가가치가 생겼으니 백억 원 정도?"

"오케이, 마음에 들어!"

가격을 확 띄워주자 귀공자가 손가락을 튕기며 좋아했다.

"흔한 애완견도 몇 백인데 백억 귀견이 오백이라면… 개가 좀 섭섭해할 것 같군요."

"……?"

길모의 염장이 먹혀들어 갔다. 귀공자는 피식 웃음을 짓더니 1,000만 원짜리를 하나 더 올려놓았다.

"됐나?"

그래도 길모는 고개를 저었다. 결국 1,000만 원 수표가 한 장 더 올라갔다.

"이제 개를 안아주시죠."

길모가 수표를 챙기며 말했다.

"이렇게?"

귀공자는 개를 가슴 부분을 끌어안았다.

"아뇨. 개를 앞으로… 아기를 끌어안듯이…….."

길모가 포즈를 취하자 귀공자는 끙 소리를 내며 개를 뒤에서 끌어 앉았다. 척 봐도 60킬로그램은 문제가 없을 것 같은 대형견. 안아주는 것도 쉬운 일이 아닐 지경이었다.

"뭘 원하십니까?"

"다! 수명은 어떨지, 팔자는 어떨지, 또 건강이나 연애는 어떨지……."

길모와 귀공자가 대화를 나누는 사이에 아가씨의 시선만 분주하게 움직였다. 아가씨는 길모를 잘 모르고 있었다. 실장에게서 최저 5만 원 보장에 잘하면 수십만 원도 벌 수 있다는 말만 듣고 온 그녀였다. 그러니 황당하고도 황당할 수밖에.

길모는 빙그레 미소를 머금고 관상을 보기 시작했다.

귀견 티베탄 마스티프… 가 아니라 개만도 못한 그의 주인의 상을.

길모, 시선은 개에게 두는 듯했지만 초점은 귀공자를 꿰뚫었다. 서두를 것도 없기에 이마부터 보았다. 대체 어떤 부모 복을 타고 났기에 개 다리에 수천만 원을 채우고 수십억짜리 개를 동생으로 두고 산단 말인가?

"……?"

결과는 실망이었다. 귀공자는 아버지를 잃었다. 부모궁을 보니 아버지가 있지만 재혼으로 들어온 의붓아버지. 재빨리 이마의 월각자리로 눈을 옮겼다.

'그렇군.'

월각을 확인한 길모가 고개를 끄덕였다. 귀공자의 재물 은덕은 부계가 아니라 모계였다. 말하자면 어머니가 재벌인 것이다. 그러나 한없이 좋은 편은 아니었다. 어머니를 상징하는 월각의 그림자 때문이었다.

빛이 시들고 어둠이 내리고 있다. 그 어둠이 선을 이루며 미릉골을 지나 콧날까지 치달으니 어머니의 사업에 위기가 가깝다는 뜻이었다.

성격은 이마 중앙에 찍어놓고 있었다. 불뚝 튀어나온 듯한 볼륨감. 그게 상징하는 게 무엇이던가? 바로 인간의 오만함을 보여주는 것이다. 거기다 볼까지 두툼하다. 고집까지 불통이라는 얘기였다.

'거기 더하여 뱀눈……'

심보가 저러니 상을 볼 것도 없었지만 처복도 없었다. 슬쩍 부어오른 듯 튀어나온 옆머리와 날카로운 턱. 허영심까지 겸비하고 있는 상이었다.

오른쪽 귀의 사색(死色)과 눈자위의 푸른 기세는 읽지도 않았다. 간 건강 또한 심각한 수준이었지만 어린 나이에 텐프로에 혼자 다닐 정도라면 새삼스럽지도 않았다.

"뭐 이렇게 오래 걸려?"

개가 무거웠을까? 귀공자가 짜증을 작렬했다.

"워낙 귀한 견공이시니 제대로 봐야 하지 않겠습니까?"

길모는 엷은 미소로 답했다.

"아, 팔 아파 죽겠는데……."

"이제 다 됐습니다."

"내려 놔?"

"그러시죠."

길모가 동의하자 귀공자는 개를 밀쳐놓았다. 그래도 제 팔 아픈 건 아는 모양이었다.

"어떻게 나왔어?"

귀공자가 재촉했다.

'마마보이!'

길모가 뽑은 사자성어는 그것이었다. 일찍 아버지를 여의고 돈 많은 어머니 품에서 자란 귀공자. 어머니의 지나친 편애가 자식을 망쳤다. 그러나 때는 이미 늦어버렸다.

"용전여수하는 주인을 만났으니 천하유일상팔자라 누리고 누리다 누림으로 삶을 마감할 상입니다."

"뭐야?"

"자신을 애지중지하는 주인을 만났으니 천하에 둘도 없는 복이라 복을 마음껏 누리다 천명을 다한다는 뜻입니다."

길모는 태연하게 해석을 붙였다. 물론 대충 맞는 말이었다. 하지만 길모가 진짜 의도하는 건 이랬다.

'돈을 물 쓰듯이 하며 자식을 길렀으니 자식은 상팔자요, 빗나간 복에 눌려 죽을상입니다.'

"놀고 자빠졌네. 야, 그런 말 누가 못해? 그걸 지금 관상이라고 본 거야?"

귀공자가 냉소를 뿜어댔다. 길모는 기다렸다는 듯이 상을 읊어나갔다.

"이마의 월각에 색 잔치라 무지개가 따로 없고 미릉골 서린 빛이 산근을 지나 준두에 뻗침이라. 천주골 아래 복이 우뚝 서고 관골에도 행운이 올랐구나. 그것으로도 복이 모자라 턱의 장벽 가운데 지각에도 아낌없이 올라앉았으니 이 모두 모친의 은덕이라, 덕이 넘치다 못해 눈을 물들여 날마다 천국을 맛보게 하니 화수분을 안고 난 상이 따로 없도다."

"……?"

"길상 중의 길상이라는 뜻입니다."

길모, 어리둥절해하는 귀공자에게 한마디를 덧붙여 주었다.

"누가? 내가? 우리 세인트가?"

"본시 주인의 운명은 개의 운명이니 손님의 상과 개의 상이 다를 바 없습니다."

"그러니까 우리 세인트도 모계가 훌륭하다 이거로군?"

"당연하지요."

"좋아. 제법인데?"

귀공자는 길모의 어깨를 톡톡 치며 오만을 뽐냈다.

"당신 영광인 줄 알아. 얘가 누군 줄 알아? 얘 엄마가 굉장한 족보라고. 중국 황실에서 황제하고만 놀던 족보니 어디 가서 이런 개 관상을 보겠어?"

"그러시군요. 그렇잖아도 이 개가 손님 위에 설 황제의 상입니다."

"황제의 상?"

"예!"

"크하핫, 기분이다. 한 잔 가득 따라보라고."

귀공자는 오두방정을 떨며 술잔을 내밀었다.

"누구에게 말입니까? 개에게요? 아니면 손님에게……."

"그야 물론 나지. 이놈도 내 덕분에 텐프로 와서 아가씨 빨고 있는 거 아니겠어?"

귀공자가 옆을 보며 얄쌍하게 웃었다. 그러고 보니 개, 아까부터 아가씨의 목덜미를 핥고 있었다. 길모는 술을 한 잔 더 권하고 나왔다. 호기가 오른 귀공자는 거푸 술을 들이켰다. 뿐만 아니라 제 개에게도 자꾸만 술을 퍼먹였다.

[한 병 더 라는데요?]

술을 가지고 오던 장호가 병을 들어 보였다.

"그게 끝일 거다."

[하긴 벌써 맛이 갔어요.]

"그럼 슬슬 진상 처리 준비해야겠네?"

길모는 우두둑 손가락 관절을 꺾었다.

[진단서 떼시게요?]

"간만에 몇 주짜리로 끊을까?"

[하는 꼴을 봐서는 1주 같은 12주짜리?]

"나쁘지 않지."

[화장실 폐쇄요?]

"오케이!"

길모가 장호의 신호를 받았다.

화장실 폐쇄란 화장실 고장을 이유로 삼는 것이다. 그렇게 되면 취한 손님은 밖으로 나가서 볼일을 봐야 한다. 주차장 뒤로 돌아가면 살짝 으슥한 공간이 나온다. 주차장 아래쪽은 약간 지반이 낮은 곳. 간혹 화장실을 잊고 나온 손님들이 물을 빼놓고 가는 곳이기도 했다.

귀공자도 그곳으로 나왔다. 부축은 길모가 해주었다. 귀공자의 취한 몸은 바로서기도 힘들 정도였다. 혼자만 그런 것도 아니었다. 개까지 비틀거린다. 그런데도 개는 의리가 있었다. 제 주인을 비틀비틀 뒤따르는 것이다.

"자식… 관상박사? 까고 있네……."

물 빼는 곳에 선 귀공자가 길모의 뺨을 톡톡 때렸다. 오랜 방탕과 음주가무로 장기가 찌들대로 찌든 귀공자. 왜 길모가 자기 옆에 있는 지 그때까지도 알지 못했다. 그가 서너 번의 시도 끝에 지퍼 속의 물건을 꺼냈을 때, 길모는 이미 친절한 웨이터가 아니었다.

'개와 형제를 자처하니 너는 이미 개라……. 미친개는 몽둥

이가 제격이지.'

길모는 오랜만에 음산한 미소를 지으며 귀공자의 귀에 대고 속삭였다.

"까는 건 모르겠고… 네 돈줄인 네 모친 말이야. 그 운이 다하고 있거든. 그러니 내 선물 받고 정신 바짝 차려라."

퍽퍽퍽!

속삭임이 그치기 무섭게 길모의 주먹이 궤적을 그렸다.

장호는 행여나 누가 올까 길모를 가린 채 망을 보면서 귓전을 자극하는 둔탁한 소리를 들었다. 실로 오랜만에 듣는 소리였다.

"119 불러드려라!"

곧 이어 길모가 다가왔다. 장호가 돌아보니 귀공자는 낮은 지반 아래로 추락해 있었다.

상팔자 견공은 제 주인 위에 올라가 낑낑거리며 얼굴을 핥았다. 볼썽사납게도 귀공자의 거시기에서 분수가 솟기 시작했다. 참았던 물줄기를 그제야 뿜은 것이다.

길모의 말대로 개가 황제처럼 보였다. 최고급 차에 돈을 물 쓰듯 쓰고 다니는 재벌 아들 귀공자. 그런 귀한 분을 깔고 앉은 신분이었으니 황제가 아니고 무엇일까?

"여기서 소변을 보다가 추락했나 봐요."

119에 대한 설명은 윤표가 맡았다. 귀공자는 그렇게 떠나갔다. 전치 8주의 부상을 안고서. 그나마 4주는 길모가 봐준 거였다.

제6장

유지경성(有志竟成)—뜻이 있으면 이루리니

공 부장을 초대한 건 정말 잘한 일이었다. 왜냐면 귀공자의 노상방뇨 중 추락(?) 소식을 접한 사이비 언론사 기자가 찾아온 까닭이었다. 그는 뭐 뜯어먹을 거라도 있나 하고 촉을 세웠지만 공재도가 등장하자 꼬리를 말았다.

　대한민국 메이저 신문사, 그 안에서도 나름 데스크급 부장이었으니 감히 범접할 용기를 잃은 것이다.

　"하여간 저런 기레기들 때문에 문제라니까."

　기자가 꼬리를 말고 물러가자 공 부장이 혀를 찼다.

　"덕분에 귀찮지 않게 되었습니다."

　주차장에서 공재도를 만난 길모가 웃었다.

　"재벌 2세가 왜 낙상한 거죠?"

　"술이 과했습니다. 관상을 보니 음주가무를 너무 즐겨 간이 아작나기 직전이더군요. 그런 차에 양주를 세 병이나 비웠으니……."

사실 두 병 가까이는 개가 비운 거였다. 하지만 귀공자도 개 과이므로 딱히 구분하지 않았다.

"억대 개까지 끼고 왔다고요?"

"예."

"허어, 저런 인간들이 상류층입네 활보를 하고 있으니……. 이거 내가 기사 한 줄 써야겠네요. 상류층 비판 기사로 딱이에 요."

"잘됐네요. 그렇잖아도 부장님 모셔놓고 죄송하던 참인 데……."

"별말씀을……."

길모는 공재도를 별실로 안내했다.

술은 간단하게 발렌타인 30년산으로 세팅했다. 그가 술을 원한 건 아니지만 그래도 예의가 있는 법.

"한 잔 받으시겠습니까?"

길모가 양주병을 들었다.

"아닙니다. 별실 개업했어도 꼴랑 싼 난이라 보내고 말았는데 내가……."

공 부장은 병을 잡고 놓지 않았다. 별수 없이 길모가 먼저 잔을 받았다.

"그런데 어쩐 일로……."

공 부장이 묻는 사이에 길모는 그의 상을 보았다. 뭐 좋은 소식이라도 전할 게 있나 하고 훑어본 것이다. 그런데, 다행히도

작은 길조가 있었다.

"부장님, 주식 사셨죠?"

"어, 그것도 관상에 다 보입니까?"

"좀 까졌네요?"

"아, 예… 괜히 촐랑거리고 질렀다가 중국과 그리스에 발목이 잡혀서…….."

"이틀 후까지 팔지 마세요."

"왜요? 지금 20% 가까이 털리고 있는데…….."

"3일 후에 금고에 빛이 들어오는데 주식 쪽일 거 같네요. 그때까지만 꾹 참고 계서 보세요."

"어이쿠, 그렇게만 된다면야…….."

"비자금 조성 중이세요?"

길모가 물었다. 대한민국의 국민들, 대개의 기혼자는 비자금을 모으고 있다. 남녀의 구분도 없었다.

"아, 그게… 마누라하고 해외여행이라도 좀 가려고…….."

공 부장이 뒷목을 긁었다.

"3일 후에… 거기서부터 5일 더 있다가 털면 그 정도 자금은 나올 거 같네요."

"그럼 그 소식 전해주시려고?"

"아뇨. 소스 하나 드리려고요."

"소스라고요?"

공 부장이 바짝 다가앉았다. 상대가 누구인가? 마음만 먹으면 지나가는 사람의 운명까지도 꿸 수 있는 신묘막측 관상왕. 그런 그가 소스를 준다니 무엇보다도 궁금했다.

"혹시 지금 추진되는 카지노 신규사업자 허가 건 아세요?"

"그럼요. 그 건입니까?"

기자답게 촉이 빠르다. 동시에 신중하다. 놀라는 기색이 완연하지만 공 부장의 목소리는 오히려 더 낮게 깔리고 있었다.

"확실한 건 아니고요 카지노라기에 제가 수련 삼아 관련자들 관상을 보다 심상치 않은 걸 보게 되어서요."

"뭐, 뭐죠?"

"수고 좀 해주실 수 있죠?"

"당연하죠. 특히 비자금이나 뇌물, 혹은 담합 같은 거라면……."

"뇌물 쪽입니다."

"……?"

"사람은 세 명!"

"세, 세 명이나?"

사람 숫자에 놀란 공 부장, 자신도 모르게 목소리가 높아지자 자기 손으로 입을 막았다.

"죄송합니다."

"아닙니다. 여긴 일반 손님이 안 오는 곳이니 너무 조심하지 않으셔도 됩니다."

"아, 예……."

"그 양반들 관상을 보니 갑자기 눈먼 돈이 들어왔어요. 그래서 공 부장님이 한 번 찔러봐 주시면 어떨까싶은데……."

"눈먼 돈……. 확 땡기는군요. 누군지 말씀만 하세요. 아, 기자가 왜 기잡니까?"

공 부장의 열정이 활활 타올랐다.

"문체부 진흥만 국장, 국회 규상근 의원, 그리고 파란 집 차지 문 비서관입니다."

"……!"

"뇌물은 이미 전달된 듯싶은데요. 규모는 개인당 이삼십억 씩… 아, 배달료로 중간에 몇 억씩 줄어든 것도 같습니다."

길모는 상으로 짚은 것을 세세히 전해주었다.

"홍 부장님……."

"한 번 수고해 주시겠습니까?"

길모가 고개를 들었다. 반듯하게 곧은 시선, 그 시선이 공 부장을 붙들고 있었다. 목이 타는 공 부장은 양주를 원샷한 다음에야 다짐을 토해놓았다.

"하지요. 다른 사람도 아닌 홍 부장님의 관상으로 나온 거라면."

"다만 옵션이 하나 있습니다."

"하나 아니라 열 개라도 말하십시오."

"바쁘시겠지만 제가 정하는 시간에 체크를 해주셨으면……."

"원하는 시간이 언제죠?"

공 부장이 묻자 길모는 귀엣말을 전했다.

"그거야 뭐 어렵겠습니까?"

"그럼 부탁합니다."

길모는 자리에서 일어나 정중한 묵례를 올렸다.

"아, 잠깐……."

"하실 말씀 있습니까?"

"혹시 전에 제가 말한 대권주자들……. 아직도 생각이 변함 없나요?"

공재도, 대권상을 묻고 있었다.

"그건 다시 말씀하지 않으셨으면……."

길모는 여전히 선을 그었다.

"그렇군요. 그럼……."

공 부장은 더 이상 운을 떼지 않고 쿨하게 일어섰다.

공재도!

그의 신분은 우리일보 부장이다. 그런 그가 옆구리를 찔러온 다면 뇌물을 먹은 인간들이 모르쇠만으로 일관하기는 어렵다고 판단한 것이다.

물론 겉으로야 절대 오리발을 내밀겠지만 그 이면도 그럴까? 모르긴 해도 수면 하에서는 미친 듯이 수작을 부릴 게 뻔한 일. 길모가 노리는 노림수는 그것이었다.

'가끔은 극적인 효과도 필요한 것.'

길모는 내일을 기대하며 공재도를 배웅했다.

오늘 신문에도 카지노에 대한 기사가 났다. 면세점 신청과 함께였다.

카지노와 면세점!

기업들이 사활을 걸고 있었다. 생산적인 사업도 아니고 소모적인 사업. 과거 같으면 향락이다 사치다 해서 집중포화를 맞을 일이지만 관점이 변했다. 사회는 어느새 소비 지상주의로 바뀌었다.

—일단 많이 쓰고 봐라. 빚은 싼 이자로 내주고, 혹시 못 갚으면 탕감해 주마!

이 정부가 내세우는 캐치프레이즈는 그것 같았다. 그러니 면세점 같은 걸 설립하기만 하면 수입이 늘어나고 고용이 증대된다는 포커스만 요란했다.

길모는 큰 관심이 없었다. 카지노가 옆 건물에 서든, 면세점이 위층에 세워지든. 다만, 그 과정에서 일어나는 구린 거래가 싫었다.

'그런 것들이 떼돈을 벌기는 하는 모양이군.'

오전 한잠을 달게 자고 난 길모는 신문에 얼굴을 묻었다. 과거 왕래하던 주먹들도 카지노를 노렸다. 그냥은 어려우니 일본 야쿠자들까지 끌어들였다. 야쿠자가 선을 대고 있는 일본 국회의원들. 그들과 친분이 있는 한국 국회의원을 구워 삼기 위해서였다.

하지만 잡음이 컸다. 결국 김칫국만 마시다 포기했다. 그 과정에서 허튼 돈만 들어갔고 나중에는 그것 때문에 세력 간의 알력이 도져 칼부림도 일어났다.

그런데 이제 시대가 변했다. 카지노와 면세점이 관광산업이 된 거란다. 서둘러서 팍팍 만들어야 일본과 중국에 관광객을 뺏기지 않는단다.

디로롱동동!

긴 생각에 잠겨 있을 때 전화기가 울었다. 모르는 번호였다.

"여보세요?"

예약인가 싶어 전화를 받자 안 실장의 목소리가 흘러나왔다.

─이봐요? 홍 부장?

그의 목소리는 잔뜩 들떠 있었지만 길모는 심드렁했다. 전화를 건 이유? 뻔했다. 그의 아들의 수술이 잘 된 것이다.

─당신 말이 맞았어. 수술이 비관적이었는데 기가 막히게 되었다지 뭐요!

"잘됐군요."

길모는 가볍게 응수해 주었다.

안 실장의 인간성이야 어쨌든 어린 아이가 얽힌 일이니 거기다 감정을 싣고 싶지는 않았다.

─이사장님께 말씀드렸더니 가능하면 오늘 저녁에 예약 좀 알아봐 달랍니다. 내, 감사 인사도 전해야 하니 좀 부탁드립니다.

"감사는요. 그냥 흘려 버리셔도 없는데⋯⋯."

─아, 왜 그러십니까? 내가 몰라 봬서 미안합니다. 부탁드립니다.

"뭐, 정 그러시면 혹 예약이 취소되면 대타로⋯⋯."

안 실장이 거듭 청하자 길모는 못 이기는 척 반수락을 해주었다.

[그 인간들이에요?]

세차를 하고 돌아온 장호가 수화를 그렸다.

"그래."

길모는 전화기를 테이블 위에 내려놓았다.

[오늘 온대요?]

"응!"

[노트북 있으면 한 번 더 털어보는 게 어때요? 낱낱이…….]

"오늘은 핸드폰 좀 체크해 보려고."

[아, 그게 좋겠네요.]

"세 번째 타임이다. 준비 단단히 해."

[예!]

장호의 목소리는 비장했다.

*   *   *

저녁 시간, 카날리아에 출근하기 전에 손님을 만나려 했다. 은경을 벗겨먹었던 이사였다. 하지만 약속 장소에 나오지 않았다. 전화를 걸어 보니 전원이 꺼져 있었다.

'오늘만 날이 아니지.'

길모는 느긋하게 문자 하나를 넣어놓고 약속장소를 나왔다.

"홍 부장!"

카날리아에 도착하자 홍 마담이 길모 손을 끌었다. 그녀가 가리킨 건 텔레비전이었다. 어제 낙상(?)한 귀공자가 뉴스에 나오고 있었다.

―20억짜리 견공에게 1,300만 원짜리 아이폰 시계를 네 개나 채워 중국 재벌 아들을 무색케 한 재벌 2세가 만취한 후에 낙상하는 사고가 발생했습니다. 병원 측은 재벌 2세가 낙상한 후에 사람보다 무거운 개가 위에서 짓누르는 바람에 금이 간 늑골 때문에 문제가 커진 것으로 보고…….

유지경성(有志竟成)―뜻이 있으면 이루리니 177

"으아, 쌤통이다. 저 자식!"

보조들 사이에서 환호가 터져 나왔다. 그래도 길모는 시치미를 떼고 사무실로 걸었다. 공 부장이 기사를 제대로 전한 모양이었다.

첫 번째 손님이 가고 두 번째 예약 손님이 왔다. 죽마고우들끼리 팀을 이룬 손님이라 사람이 많았다. 크고 작은 대소사의 관상을 봐주느라 입이 아팠다.

그래도 즐거웠다. 손님들이 좋아하기 때문이었다. 큰 부자가 아닌 그들은 각자 100만 원씩의 복채를 내놓았다. 길모는 기꺼이 받아들고 양주 한 병을 서비스로 안겨주었다. 모두가 즐거운 밤이었다.

[형…….]

단체 팀을 보낸 자리, 옆에 있던 장호가 수화를 그렸다.

"긴장되냐?"

길모가 물었다, 이제 오늘의 마지막이자 메인 손님, 양혁 이사장을 맞을 차례였다.

[아뇨. 안 오면 어쩌나 하는 거예요.]

"자식, 깡 많이 컸는데?"

[서당 개 3년이면 풍월을 읊는다잖아요?]

"그럼 술집 3년이면?"

[아가씨들 생리날도 맞추죠.]

장호는 유흥가에 떠도는 우스갯소리로 응수해 왔다.

"들어가자."

[어? 안 기다리고요?]

"뭐 기특한 인간이라고… 그리고 아마 제시간에 안 올 거다."

[정말요?]

"그러니까 들어가서 간식이라도 먹자. 손님이 많이 들어오는 바람에 배고프다."

[알았어요. 내가 이모한테 특별간식 부탁할게요.]

길모는 안으로 뛰려는 장호를 잡아 세웠다. 그리고 둘이 사이 좋게 주방으로 들어갔다.

"어머, 사장님이 웬일이래?"

안주를 만들던 주방 아줌마가 반색을 했다.

"사장은요. 만들다 남은 안주 있으면 좀 주세요. 출출해 서……."

"남은 거라니? 내가 최고로 맛나게 만들어줄 테니 잠깐만."

"이거 남은 거죠?"

길모의 시선이 탁자 위로 향했다.

"그건 유통기한 하루 지난 거라 버리려고… 요리하고 나서 봉지를 봤더니 하루 지났잖아?"

"그럼 내가 먹을게요."

길모는 아줌마가 뭐라고 할 사이도 없이 음식을 퍼먹기 시작 했다.

[형, 같이 먹어야죠?]

장호도 포크를 들고 합세했다.

"야, 한 번에 그렇게 많이 먹으면 반칙이지?"

[그러는 형은요?]

"나는 너보다 늙었잖아?"

[쳇, 그럼 나는 자라는 새싹이니까 양보 좀 하라고요.]

둘은 진상 처리 담당 때처럼 티격태격하며 접시를 비워냈다. 그걸 바라보던 아줌마가 밝게 웃었다. 사장이 되고 관상대가로 유명한 사람이 되었어도 변하지 않은 길모. 그런 길모가 좋은 아줌마였다.

냅킨으로 입을 닦고 주방을 나설 때였다. 윤표가 잰걸음으로 길모에게 다가왔다.

"내 예약 손님 왔냐?"

길모, 이미 감을 잡고 물었다.

"예! 지금 도착했습니다."

"장호야, 네가 모셔라, 엘리베이터로!"

길모는 그 말을 남기고 별실용 엘리베이터에 올랐다.

지잉!

아직 새 엘리베이터라 문은 단숨에 닫혔다.

지하에서 지상으로!

비록 한 층이지만 의미심장한 이동이었다.

땡!

소리와 함께 엘리베이터가 열렸다. 그리고 닫혔다. 엘리베이터가 지층으로 가는 게 보였다. 장호가 양혁을 모시려고 버튼을 누른 모양이었다.

지상에서 지하로!

한순간에 엘리베이터의 의미가 달라졌다. 달리 보면 천국에서 지옥으로와도 같았다.

'양혁······.'

별실 문을 열며 길모는 생각했다. 신기루처럼 먼 곳에 있는 양혁의 금고. 이제 그걸 열어젖힐 시간이었다.

양혁이 도착했다. 밤 열 시 반이 조금 넘은 시간이었다. 길모는 혜수를 대신 보내 맞이했다. 그리고 손님 대기실에 넣어두었다.

별실에는 손님이 있었다. 물론, 길모가 양해를 구하고 보낼 수도 있는 타임이었다. 하지만 오히려 손님을 잡고 있었다. 이런저런 관상을 곁들이면서.

이유는 하나였다. 시간을 끄는 것이다. 양혁의 조바심을 자극하는 것이다.

자극은 손님이 간 후에도 계속되었다. 그사이에 장호를 대기실에 투입했다. 세 번째 차를 보내는 길모였다.

[형!]

잠시 후에 돌아온 장호가 길모에게 수화를 그렸다.

"뭐 하든?"

[다들 비비 꼬고 난리죠 뭐.]

"다른 건?"

[손님 언제 가냐고요? 가자마자 말해달래요.]

"그럼 지금 전해라. 손님이 방금 갔다고."

이쯤이면 충분히 달아올랐을 쇠. 그렇다면 이제 두드릴 차례였다.

"흠흠!"

양혁은 헛기침을 하며 별실에 들어섰다. 불쾌하다는 걸 우회적으로 돌린 기침이었다. 그렇거나 말거나 길모는 시치미를 뚝 뗀 체 그를 맞이했다.

"홍 부장, 너무 잘나가는 거 아니야?"

양혁이 넌지시 딴죽을 걸어왔다.

"죄송합니다. 오셨다는 말을 들었지만 예약된 분들이 워낙 거물들이라……."

길모는 슬쩍 기름칠을 했다.

"술이나 들여오시게. 마시던 술 다 깬 거 같으니……."

간단하게 전작을 하고 온 양혁, 오더를 날렸다.

술과 여자!

별실의 테이블 세팅이 끝났다. 길모는 모르는 손님을 대하듯 술을 따라주었다. 관상 이야기는 일언반구도 비치지 않으면서…….

"아무튼 홍 부장님, 대단합디다. 오늘 우리 아이가 수술에 성공했다고 말씀드렸죠?"

안 실장의 목소리는 처음보다 썩 공손했다.

"잘됐군요."

길모는 의례적인 묵례로 감사를 받아들였다. 그러면서 슬쩍 시계를 확인했다.

공재도 부장!

그가 뇌리를 스쳐 갔다. 아직은 공재도가 작업에 돌입하지 않았을 시간. 배구의 토스처럼 타이밍이 필요한 일이라 궁리하지 않을 수 없었다.

"한잔 받고 내 관상도 좀 부탁하네."

양혁이 술병을 든 채 입을 열었다. 길모는 공손히 술잔을 받아 들었다.

"컨디션은 어떤가? 설마 저번처럼 나쁘지는 않기를 바라네."

양혁의 목소리에는 여전히 오만과 거만이 묻어 있었다.

"오늘은……."

길모의 시선이 양혁의 얼굴로 향했다. 잠깐 동안 상을 살핀 길모의 목소리, 끝이 내려앉았다.

"좋지 않군요."

"또?"

양혁의 미간이 확 구겨졌다.

"오늘은 제가 아니라 사장님이십니다."

"내가?"

"차라리 저번에 봐드릴 걸 그랬습니다."

길모는 슬그머니 뜸을 들였다.

"무슨 말인가?"

"오늘 상에는 액운이 서려 있습니다. 그러니 좋은 자리에서 어찌……."

"그런 거라면 상관없네. 나, 보기보다 대인이니까."

양혁의 목소리에 힘이 들어갔다.

"정말 괜찮으시겠습니까?"

"뭐든지!"

양혁이 씨익 웃어 보였다.

그의 여유! 그 여유가 길모의 전의를 살짝 자극해 왔다.

유지경성(有志竟成)―뜻이 있으면 이루리니 183

"화소성미청(花笑聲未聽) 조제루난관(鳥啼淚難觀)이라!"

마침내 길모가 공략을 시작했다.

"무슨 뜻인가?"

양혁은 바로 질문을 날려왔다.

"꽃은 웃어도 소리가 들리지 않고 새는 울어도 눈물을 보기 어렵다는 말입니다."

그래서?

양혁이 눈으로 물었다.

"구중궁궐에 화수분이 가득하니 매일매시 금은보화를 쏟아내는 보물함입니다. 그런데 이제 화수분이 마를 시간이 가까워졌군요. 그러나 돈은 소리가 없고 눈물도 없으니, 애통하게도 그 주인은 신호를 알 수 없음이 안타까울 뿐입니다."

"……?"

양혁의 눈빛이 까칠하게 변했다. 무슨 뜻인지 알아들은 것이다.

"한 번 넘겨짚어 보는 것인가?"

"그렇게 들리십니까?"

"대개 점이나 역술가들이 그렇지 않은가? 슬쩍 겁을 주고 반응을 보는……."

"그러시다면 아예 핵심을 말씀드릴까요?"

길모가 넌지시 자극을 했다.

"기왕 재미로 보는 거 화끈한 게 좋겠지."

양혁은 다리를 꼬는 것으로도 모자라 소파에 등을 기댔다.

"내가 운을 뗄 테니 숙희가 따라 읽도록."

길모는 숙희를 보며 영문을 스페링을 읽어나갔다.

"씨—에이치 에이!"

"차!"

"에스—아이!"

"지? 시?"

"엔—오 오!"

"누?"

"아니, 엔—오!"

"그럼 노… 차지뉴?"

차지뉴!

숙희의 발음은 차—진—류에 가깝게 들렸다. 물론 길모의 주문이 있었다.

"……!"

양혁의 눈동자가 출렁거리는 게 느껴졌다. 흡사 동공에 파도라도 친 느낌이었다. 그걸 즐기며 길모는 천천히 정정을 했다.

"그냥 영어 단어로."

"카지노!"

"……!"

양혁은 방금 전과 달리 운을 떼지 못했다. 카지노라는 단어 속에서 느껴진 차진류. 그건 바로 문체부 진홍만 국장, 국회 류상근 의원, 그리고 파란 집의 차지문 비서관의 성을 모은 것이기 때문이었다.

양혁, 도둑이 제발 저리다고 촉각이 곤두서지 않을 수 없었다.

"제가 무슨 실례라도……."

길모는 정중한 표정을 지으며 변죽을 울렸다.

"아닐세. 흠흠!"

양혁은 헛기침으로 넘어갔다.

"그럼 관상을 계속……. 화수분 말이 나왔으니 말인데 사장
님께 일생일대의 라이벌이 등장해 있군요. 그런데 이걸 어쩌죠?
라이벌에게서 피 냄새가 납니다."

"……?"

다시 한 번 양혁의 얼굴이 구겨졌다. 강력한 경쟁자로 떠오른
업체의 브레인에게 작업 지시를 내리고 온 양혁. 카날리아에 오
기 전에 그가 병원에 옮겨졌다는 말을 듣고 온 차였다.

"그건 희소식이군. 어차피 이 세계에선 라이벌이 죽어야 내
가 사는 법."

"일반적으로는 맞는 말씀입니다. 하지만… 사장님 상에 있어
피는 상극이라 운명의 시샘이 발생할 소지가 있습니다. 액운을
부르는 거죠."

"천만에, 그런 거 나한테는 안 통하네."

"죄송하지만 통합니다."

"홍 부장!"

양혁이 목에 힘을 주고 나섰다.

"기왕에 심기를 건드렸으니 매듭을 짓자면 급체입니다!"

급체!

길모는 단호하게 뒷말을 이었다.

"그것도 지금, 바로 지금!"

길모의 목소리에 힘이 들어가는 순간, 거짓말처럼 전화벨이 울렸다. 양혁의 전화였다.

　"받으시죠."

　안 실장이 전화기를 밀어주었다. 발신자를 확인한 양혁은 황급히, 그러면서 지나칠 정도로 정중하게 전화를 받았다.

　"아, 예. 접니다!"

　그리고 바로 구겨지는 그의 미간과 눈자위…….

　"예? 그, 그러시면……."

　전화는 간단히 끊겼다. 슬쩍 보니 양혁의 이마가 창백하게 변하고 있었다. 하지만 그 식은땀을 닦을 시간도 없이 다시 벨이 울렸다.

　"의, 의원님… 그건……."

　상황은 비슷했다. 벼락처럼 구겨지는 양혁의 얼굴. 날벼락을 맞은 것이 틀림없었다. 양혁은 사색이 된 채 전화기를 떨구었다.

　"한 잔 올려."

　지켜보던 길모가 숙희에게 말했다.

　"급체라고 했었나?"

　대충 술을 받던 양혁이 길모에게 물었다.

　"예!"

　"지금이라고 했었나?"

　"예!"

　"귀신이군."

　양혁은 땀이 흐르는 것도 잊은 채 받아 든 술을 원샷으로 넘졌다.

"죄송하지만……."

그가 잔을 내려놓을 때 길모의 멘트가 이어졌다.

"아직 하나가 더 남았습니다."

"……?"

양혁의 눈빛이 올라올 때 다시 전화기가 울렸다.

"……!"

전화를 받아 든 양혁은, 이번에는 대답조차 제대로 하지 못했다. 그저 신음을 토하듯 예, 예를 거듭했을 뿐이다. 사색이 된 양혁은 화장실에 가기 위해 일어섰다. 하지만 충격이 컸던지 큰 동작으로 휘청거렸다.

숙희의 부축을 받으며 화장실로 입실한 양혁, 그 순간을 기다리던 길모가 전화기를 꺼내 슬쩍 버튼을 눌렀다. 그러자 윤표가 들어섰다.

"저기… 방금 옆 룸 손님이 차를 빼면서 사장님 차를 긁은 거 같은데 확인 좀 부탁드립니다. 기사님은 식사하러 가서요."

윤표는 때맞춘 핑계로 안 실장을 불러냈다.

"너희도 잠깐 바람 좀 쐬고 와."

길모는 남은 아가씨들까지 딸려 보냈다.

룸이 비자 길모는 양혁의 전화기를 집어 들었다. 패스워드는 있으나 마나한 장치였다. 전화번호가 나오자 검색을 시작했다. 번호는 많았다. 그의 재복궁에 들어앉은 돈처럼…….

'분명 있을 텐데?'

하나하나 뒤져갈 때 뒤에서 화장실 문 열리는 소리가 들렸다.

"다들 어디 갔나?"

겨우 숨을 돌린 양혁이 물었다. 길모는 슬쩍 그의 술잔 옆에다 전화기를 내려놓았다. 목적은 간신히 이룬 후였다.

"안 실장님은 차에 좀 가셨고 아가씨들은 화장을 고치러……."

"차라리 잘됐군."

양혁은 털썩 소리가 나도록 소파에 앉았다.

"아까 말한 거 말일세, 급체……."

소변을 보더니 마음이 바뀐 걸까? 아니면 주변에 눈이 없으니 솔직해진 걸까?

부정하던 양혁이 급체를 인정하고 나왔다.

"비책은 없나?"

묻는 양혁의 눈빛이 반짝거렸다.

"알려드리면 받아들이실 겁니까?"

"좋은 방안이면 당연히……."

"사장님께는 달갑지 않은 방안일 수 있습니다. 그냥 묻어두겠습니다.

"홍 부장!"

"저는 이미 사장님께 큰 결례를 했습니다. 그런데 또 결례를 해서 기분을 망칠 수는 없습니다."

"그렇게 나쁜가?"

"……."

"좋아. 홍 부장을 탓하지 않을 테니 어디 한 번 들어나 보세."

"진심이시라면……."

길모는 장식용을 비치된 명품 잡지를 집어 들더니 전설의 블루다이아몬드가 나오는 쪽을 펼쳤다.

"이 다이아몬드는 무려 천억이 넘는다고 합니다. 그야말로 천문학적인 가치죠."

양혁의 시선이 지면으로 쏠려왔다.

"조금 다른 이야기지만 옛날 고서에 나오는 글인데……. 중국의 한 명장이 전투마다 연전연승 대승을 거두며 많은 전리품을 확보하게 되었습니다. 그런데 금은보화가 많다 보니 간수하는 데 신경을 쓰게 되었습니다. 그러다 어느 전투에선가는 기어이 목숨이 날아갈 뻔한 위기를 겪었지요. 전장에서 쓸모도 없는 금은보화 때문에 말입니다."

거기까지 말한 길모가 양혁을 느긋하게 바라보았다. 양혁은 눈도 깜빡 않고 집중하고 있었다.

"전투에서 목숨도 아까워 않던 장군입니다. 그런데 금은보화에 마음이 쓰이자 그것들을 강물에 던져 버리고 맙니다. 집착을 떨쳐 버린 거죠. 그 후로 그 장군은 더욱 용맹을 떨쳐 황제로부터 더 많은 금은보화를 상으로 받는 한편 역사에도 길이 남았다고 합니다."

그 말과 함께 길모는 다이아몬드 지면을 찢어버렸다.

찌익!

"무슨 뜻인가?"

소리와 함께 양혁이 물었다.

"사장님은 돈이 많습니다. 그 장군처럼 집착하고 계시지요. 그런데 막상 그 돈들은 손에 닿지도 않는 곳에 있군요. 즉 돈이 아니라 숫자를 가지고 있다는 것입니다."

"숫자라……."

"사장님이 숫자에 집착하는 사이에, 방금 말씀드린 대륙의 장군이 그랬듯 액운이 끼어들었습니다."

"버리라는 건가?"

돈에 관한 한 양혁의 머리는 비상하게 빨랐다.

"돈이 아니라 숫자를 버리는 겁니다."

"액운이 들었으므로?"

"예!"

"어떤 액운이길래 피땀 흘려 번 돈을 버리라는 건가?"

"미련을 가지시면… 형옥을 피할 수 없습니다."

한 번 더 양혁의 상을 바라본 길모가 잘라 말했다.

"형옥?"

"사장님 상에는 또 하나의 급체가 기다리고 있습니다. 이번에는… 꽃에 물을 주는 사람이 사장님을 떠날 것 같습니다."

"꽃에 물?"

"사장님 숫자의 정원을 관리하는 사람 말입니다. 아주 먼 곳에 있군요. 아주……."

"……?"

숫자의 정원.

그렇다면 돈을 관리하는 사람이었다. 양혁도 그 말뜻을 알았다. 잔뜩 눈살을 찌푸린 양혁의 뇌리에 류상근 의원과의 통화가 스쳐 갔다.

'신문사에서 냄새를 맡았소. 이 일은 없던 걸로 합시다!'

신문사. 그것도 허접한 곳이 아니라 국내 유수의 신문사였다. 그런 곳에서 추측 기사라도 나가면 검찰이 움직일 수도 있는 일. 양혁은 머리카락이 다시 곤두서는 걸 느꼈다.

"다른 방법은 없나? 그리고 버리면 대체 얼마를?"

양혁의 목소리가 조금씩 초조하게 변해갔다.

"없습니다. 그리고 버리는 건… 먼 곳에 있는 숫자 전부…….
본시 관상을 심상을 따라 변하는 것이니 덕을 쌓으시면 액땜이 될 것입니다."

길모는 헤르프메의 명함을 내밀었다.

"기부를 하라는 건가?"

"덕을 쌓으라는 겁니다."

"말도 안 돼. 1, 2억도 아니고……."

양혁이 고개를 저었다.

그럴 줄 알았어. 수많은 사람들의 피눈물을 짜서 이룩한 화수분을 쉽게 포기할 수는 없겠지. 길모는 느긋한 마음으로 한마디를 보탰다.

"어차피 선택은 사장님 몫입니다. 지금까지 수많은 선택을 지혜롭게 하셨을 테고요."

"……."

"급체가 다시 덮치면 그때 결정하셔도 됩니다."

길모가 정중한 인사를 올렸다. 마감하자는 사인이었다.

양혁은 차에 오른 후에도 인상을 펴지 못했다. 밑밥을 제대로 깔아둔 실세들. 그들이 돈을 받았으므로 카지노 진출은 성공이 눈앞에 있었다. 그런데 느닷없이 반환을 선언해 왔다. 이렇게 되면 차라리 시도하지 않은 것만도 못하게 되었다.

급체! 길모의 말은 틀리지 않았다.

그런데…….

'급체가 또 올 거라고?'

양혁은 가슴뼈에 걸린 숨을 길게 내쉬었다.

제7장

관상王의 위엄

　이른 아침 길모는 서울역으로 향했다. 특별한 부탁 때문이었
다.
　[형, 지금 바쁜데 이런 건 사양해도 되잖아요?]
　운전하던 장호가 신호에 걸리자 수화를 그려댔다.
　"장호야!"
　양혁의 주변 배경을 점검하던 길모가 담담하게 입을 열었다.
　[네?]
　"내가 최고의 관상은 뭐라고 그랬지?"
　[심상요.]
　"맞아. 너도 일생일대의 큰 수술을 앞두고 있잖아?"
　[심보를 좋게 써라 이거죠?]
　"그래."

[알았어요. 군말 없이 수행하겠습니다.]

신호를 받은 차가 다시 나아갔다.

길모는 지금 김대욱을 만나러 가는 길이었다.

김대욱, 노숙자에서 어엿한 사업가로 변신한 사람. 그는 강남 일대의 부유층 아파트를 시작으로 기반을 잡더니 고급 호텔과 고급 레스토랑에도 영역을 뻗치고 있었다.

식자재의 미다스의 손!

업계에서 통하는 그의 별칭이었다. 품질과 맛을 가려내는 탁월한 감각은 가히 독보적일 정도였다. 같은 값이면서도 맛이 좋은 식품. 이제 그가 가져오는 농산물이라면 보증수표로 통하고 있었다.

얼마 전, 그런 그가 부탁을 했었다.

직원 충원. 그것도 노숙자 출신.

그는 노숙자들의 서러움을 알고 있었다. 그들 중에는 기회가 없어서 그렇지 자활의지가 강한 사람도 많았다. 몰라서 그렇지 능력이 있는 사람도 많았다. 다행히 김대욱은 자신의 올챙이 적을 잊지 않았다. 그랬기에 번듯한 명문대졸 직원을 뽑을 수 있음에도 동병상련을 택한 것이다. 그래서 길모, 오늘 시간을 낸 것이다.

여기에는 저번에 받은 모상길의 전화도 자극이 되었다.

마비!

모상길은 넌지시 길모를 각성시켜 주었다. 초상류층만 상대하다 보면 전체적인 상학 균형에도 좋지 않을뿐더러 상학의 이상향에도 바람직하지 않다고 했던 것.

한쪽 각도로의 마비. 길모가 생각해도 좋지 않았다.

지위고하를 막론하고, 빈천을 막론한 상학. 관상가는 그 중심에 있어야 진정한 관상의 도를 이룰 수 있다고 설파한 모상길의 말에 완전 공감하는 길모였다.

그동안 너무 높은 곳만 보았다. 그 자신 밑바닥 진상 처리 웨이터의 쓴맛을 보며 오늘에 이르러 놓고 가난한 사람들에게 손을 내미는 기회가 적었던 것이다.

물론, 길모는 수입의 상당 부분을 헤르프메에 보태며 봉사와 기부에 기여를 했다. 하지만 그건 금전이었다. 관상 그 자체로는 큰 기여가 없었던 게 사실이었다.

"홍 부장님!"

서울역에 도착하자 김대욱과 직원 몇이 반색을 하며 달려왔다.

"오래 기다리셨습니까?"

차에서 내리며 길모가 물었다.

"홍 부장님 기다리는 건 일 년 365일이라도 괜찮습니다."

"그러시면 미안해서……."

"아닙니다. 시간 내주신 것만 해도 황송한데요."

"노숙자들은요?"

"곧 아침 배식할 시간입니다. 거기로 가서서……."

김대욱은 무료급식차 쪽으로 길모를 잡아끌었다.

이른 아침부터 노숙자 무료배식이 시작되고 있었다. 길고 슬픈 밤을 건너온 행렬은 활기가 없었다. 희망이 없는 삶. 그 삶에는 아침도 환하게 오지 않는다. 그저 한 끼를 때워야 하는 생물

학적 움직임. 그것 외에는 아무것도 없었다.

　몇몇은 아침부터 취해 비틀거렸다. 밤새 소주를 마셔댄 모양이었다. 코가 빨개진 초로의 노숙자. 그는 줄을 서 있는 동안에도 소주병으로 병나발을 불었다.

　"사장님!"

　행렬을 지켜보며 길모가 입을 열었다.

　"네?"

　"우리도 같이 먹을까요?"

　"홍 부장님이요?"

　김대욱이 눈을 동그랗게 떴다.

　"가시죠."

　길모는 성큼 행렬에 끼었다. 그러자 김대욱의 직원들과 장호도 급식 줄에 서게 되었다.

　"아, 이러시면… 직원만 몇 명 뽑으면 바로 아침 대접하려고 그랬는데…….."

　"미안하지만 이걸 먹어야만 합니다."

　"……?"

　"눈높이라는 게 있잖아요. 이렇게 같이 먹으면 저들을 이해하기도 쉬워지지요. 조금 더 진솔해지는 것. 그것도 좋은 상법의 하나거든요."

　"아!"

　"몇 명 뽑으시게요?"

　"일단 열 명 정도 필요한데… 쓸 만한 사람이 많으면 그 이상이어도 상관없습니다."

"이쪽 테이블 끝 쪽의 남자… 데려다 우직한 일을 맡기세요. 눈, 코, 입이 크고 목과 어깨가 실하니 한눈팔지 않고 한길로만 갈 것입니다."

길모, 컨택을 시작했다.

"다음으로 건너편 테이블의 머리카락이 부스스한 남자… 데려다 영업을 맡기세요. 눈동자에 뜨끈 불덩이가 이글거리는 데다 입이 작고 날이 섰으니 언변이 뛰어날 것입니다."

"예……."

김대욱은 수첩에 받아적느라 바빴다.

"저기 차량 앞쪽 테이블에 둥글둥글한 형상을 가진 남자 보이죠?"

"예."

"그 사람은 데려다 민원인이나 기타 문제 상담을 맡기면 좋겠네요. 눈동자가 큼지막하고 검으니 그 마음이 숭고합니다. 잘 갖춰 입으면 겸허해 보일 상이니 타인에게 신뢰를 줄 것입니다."

"그럼 저기 앞쪽에서 먹고 있는 사람은 어떻습니까? 제 마음에는 딱 드는데……."

김대욱이 한 남자를 가리켰다.

"겉보기에는 단정해 보이지만 폭력배상입니다. 콧구멍이 위로 열렸으니 성품이 거칠고 천주골 부근에 점이 있어 횡포합니다. 나아가 왼쪽 입술 가에도 점이 있으니 시비구설이 끊이지 않을 것이라 가까이 두기에는 좋은 사람이 아닙니다."

"아!"

길모의 컨택은 계속되었다. 그렇게 열한 명을 채우자 김대욱의 직원들이 투입되었다.

"이거 뭐라고 감사를 드려야 할지……."

김대욱은 거듭 허리를 숙여왔다.

"아닙니다. 자주는 못하겠지만 필요하면 말씀하세요."

"이거 가시는 길에 심심풀이로……."

김대욱이 과일 한 봉지를 내밀었다.

"웬 거죠?"

"새벽에 청량리 청과시장 다녀오면서 부장님 몫으로 따로 빼두었습니다. 그게 진짜 유기농 사과라는 건데요, 평생 한 번 맛보기 어려운 겁니다. 과수원이 아니라 산촌에 사는 농가가 반찬값 번다고 한 바구니 가져온 게 딸려온 거거든요."

김대욱이 내미는 사과. 볼품은 정말 없었다. 하지만 그가 누구인가? 길모는 기꺼이 사과를 물었다.

"하아!"

바로 신음이 터져 나왔다. 새콤한 맛 뒤에 이어지는 회오리 같은 달콤함. 사이즈만 잔뜩 키운 상품용 사과와 댈 것이 아니었다.

"그리고 이건… 복채입니다."

김대욱이 봉투까지 내밀었지만 길모는 받지 않았다. 복채는 이 맛난 사과로 충분했다.

"그건 오늘 새로 뽑은 사람들 옷 한 벌씩 사주세요. 제 선물입니다."

그 한마디에 김대욱은 감동에 휩싸였다. 관상 한 번에 수억도

벌 수 있는 홍 부장. 시간을 내준 것만 해도 고마운데 복채까지 노숙자들의 새 출발을 위해 기꺼이 쾌척한 것이다.

'그가 왜 관상왕인지 알 것 같다……'

만날 때마다 느끼는 길모에 대한 고마움. 오늘 아침도 예외는 아니었다.

"어때?"

길모가 물었다.

헤르프메 재단 휴게실에서 사과를 한입 문 노은철은 벌린 입을 다물지 못했다.

"이게 진짜 사과야?"

"맛 죽이지?"

"그런데? 보기에는 아주 아닌데……"

은철은 사과를 보며 고개를 갸웃거렸다.

"보통 사과 아니니까 지갑 좀 팍팍 열어야 할 거야."

서울역에서 바로 달려온 길모가 넌지시 압박을 주었다.

"홍 부장이 원한다면 재단 금고도 열어드리지."

"도 원장님은?"

"응. 아침 방송에 출연차 나가셨어. 요즘 바빠서."

"나 부탁이 있어서 왔는데 되려나 몰라."

"말해 봐. 뭐든지!"

"혹시 말이야… 홍콩 쪽 금융가에 아는 사람 있어?"

"홍콩? 있지. 내 미국 대학 동기들 중에 홍콩 금융가에서 펀드 하는 친구들 여럿이야. 일본이나 영국도 마찬가지고……"

"그럼 혹시 이 사람에 대해 좀 알아줄 수 있을까?"

길모는 양혁에게 빼낸 홍콩 전화번호와 이름을 넘겨주었다.

"이유는 묻지 말고?"

"뭐, 물어도 상관없어. 어떤 구린 놈들 돈줄을 여기로 돌리려는 거니까."

"구린 놈들의 정체는?"

"겉모양은 로비스트."

"실제는 쥐새끼들?"

"아네!"

"전화번호에 이름까지 있다면 문제될 것도 없지. 이게 다야?"

"아쉬울 거 같아서 하나 더!"

"오케이, 콜!"

"변호사 생활도 이골이 났을 테니 검찰에도 선 좀 닿지?"

"그야 물론. 한국에서는 인맥 없으면 될 것도 안 되거든."

"그럼 말이야……."

길모는 은철의 귀에 대고 요청 사항을 말해주었다.

"그건 라인을 잘 잡아야겠군. 아무튼 걱정 마."

"땡큐!"

"뭐가 땡큐야? 당연히 도와야지. 앞으로도 나 좀 팍팍 부려먹으라고. 홍 부장에게 덜 미안하게."

"알았어. 팍팍 굴러드리지."

"가게!"

"응, 노 변이 쿨하게 접수해 주니까 긴장이 풀려서 그런지 슬슬 잠이 오는데?"

"그럼 어서 가봐. 홍 부장 잠이야 막을 수 없지."

"아, 우리 장호 스케줄은?"

"걱정 마. 비행기 표에 비자까지 다 받아두었으니까."

"주의사항 같은 거 없나?"

"무리하지 말고 술 같은 거 많이 먹지 말고 몸 관리⋯ 그 선이야."

"오케이, 그럼 부탁해, 원장님께 안부 전해주고!"

길모는 한 번 더 강조하고 차에 올랐다.

[밟을까요?]

도로에 나오자 장호가 물었다.

"그래."

바아앙!

장호는 단숨에 빈틈을 비집고 나아갔다.

"장호야! 떨리지?"

[뭐가요?]

"자식, 말 안 해도 다 알아. 준비 잘되고 있다니까 걱정 말고 술이나 입에 대지 말아라. 수술만 잘 끝나고 오면 12박 13일로 술 마시게 해줄 테니까."

[형⋯⋯.]

"야, 나 졸리다. 집에 도착하면 깨워라."

장호 눈이 뜨끈해지자 길모는 눈을 감아버렸다. 뜨끈한 건 아침햇살로 충분했기 때문이었다.

다라라랑!

이른 오후, 전화벨이 길모의 잠을 깨웠다. 노은철의 전화였다.

"어, 노 변?"

길모는 목청을 가다듬으며 전화를 받았다.

—자는 거 깨운 거? 그럴 거 같았는데 기다릴 거 같아서 말이지.

"괜찮아. 부탁한 거 나왔어?"

—오케이!

노은철의 목소리는 시원했다.

통화를 끝낸 길모는 노트북으로 이메일을 열었다.

'대박!'

길모의 눈이 활짝 열렸다.

사진까지 있었다. 더 큰 희소식은 양혁의 국제 재산관리인이 속한 은행이 바로 사우디아라비아 국적이라는 것이었다.

사우디아라비아…….

'그렇다면?'

길모의 뇌리에 알 야세르 왕자가 떠올랐다.

그러나 무작정 부탁을 할 수는 없었다. 길모는 관리인의 사진에서 단점을 찾아냈다. 남의 구린 돈이나 관리하는 신분. 청수한 상(相)일 리가 없었다.

'기회주의자에…….'

관리인의 상을 짚어가다 한 방을 제대로 건져냈다. 관리인의 상에서 공금 횡령의 상을 짚어낸 것. 액수도 많았다. 우리 돈으로 십억대에 달하고 있었다.

[형… 좋은 정보 왔어요?]

관리인 상을 짚어낼 때 장호가 깨어나 다가왔다.

"대박이다. 가서 커피 한 잔 타 와라."

[둘, 둘, 둘요?]

"그냥 간단하게 믹서!"

길모는 오더를 주면서도 계속 상을 짚어갔다. 관리인은 머잖아 쌀릴 상. 그런데 그게 좀 앞당겨질 운명이 된 것이다.

[형, 여기요!]

장호가 믹서 커피를 대령해 주었다. 길모는 그걸 한 모금 넘기고 우아하게 비즈니스에 돌입했다.

"헬로우?"

길모가 전화를 건 사람은 사우디아라비아 왕자를 수행했던 주술사였다. 그는 길모의 전화를 받자마자 통역을 붙여 3자 통화를 시도했다.

"우연히 알게 된 일이 있어서 말입니다…….."

무슨 일이든 돕겠다고 약속했던 사우디아라비아 왕자. 길모에게는 완전한 청탁이지만, 대상자는 공금을 횡령 중인 사우디아라비아 국적의 은행관리인. 왕자가 힘을 써줄 만한 사안이었다.

길모는 심중의 뜻을 주술사에게 전했다.

—꼭 전해드리죠. 그렇잖아도 왕자님께서도 부장님 말씀을 자주 하시는데 반가워하실 겁니다.

주술사에게서 긍정적인 시그널이 나왔다.

길모는 남은 커피를 원샷으로 넘겼다. 목구멍이 달콤했다.

양혁, 그가 마시는 커피도 달콤할까?

문득 궁금해지기 시작했다.

                    *   *   *

 저녁 때 재미난 일이 일어났다. 길모가 가게에 도착했을 때 낯익은 얼굴이 보인 것이다. 양혁이었다. 옆에는 늘 보이던 안 실장도 없는 상황. 얼마나 똥줄이 타는지 알 것 같았다.

 [형!]

 그를 먼저 본 장호가 운전석에서 수화를 그렸다.

 "나도 봤다."

 [예약 거절했잖아요?]

 장호가 물었다. 그도 그럴 것이 방금 전에 일어난 일이었다. 그러니까 길모가 간단한 파쿠르로 몸을 풀고 샤워를 마쳤을 때 전화가 울렸다. 양혁은 전화를 통해 예약을 부탁했다. 돈은 얼마든지, 세팅은 길모에게 일임한다는 조건이었다.

 NO!

 길모는 한마디로 잘랐다. 카날리아의 매상을 위해서라면 매력적인 제안이었지만 지금은 밀당을 제대로 할 때였다. 그러니까 양혁의 몸을 후끈 달게 할 타이밍이었던 것이다.

 ─복채도 최고액으로 주겠네.

 양혁은 배팅액을 올렸지만 길모는 전화를 끊었다. 펑크가 나면 대타 자리에 올려주겠다는 뻔한 약속과 함께.

그랬는데… 양혁이 그 길로 카날리아까지 달려온 것이다.

[어쩌죠?]

장호가 양혁을 바라보며 물었다.

"뭘 어째? 우리 가게인데 뭐가 무섭다고."

길모는 바로 문을 열고 내렸다.

"홍 부장!"

양혁은 반색을 하고 달려왔다. 얼굴을 보니 반은 죽은 색이었다. 이마를 타고 내려오는 창백한 낯빛. 딱히 관상전문가가 아니더라도 그의 신변에 큰 액운이 닥친 걸 알 정도였다.

"안녕하세요?"

길모는 의례적인 인사를 올렸다.

"어떻게 좀 안 되겠나? 아직은 문을 안 연 거 같은데… 지금이라도 좀……."

양혁의 조바심이 무한폭주를 했다.

"그럼 룸 예약 때문에?"

길모는 시치미를 뚝 잡아떼며 물었다.

"그렇다네. 사정 좀 봐주시게."

"죄송하지만 준비할 게 많아 손님을 받을 상황이 아닙니다."

"여기서라도 상관없네."

"그건 관상을 모욕하는 일입니다."

길모의 눈에서 준엄한 빛이 튕겨 나왔다. 관상왕 홍길모. 길바닥 관상쟁이가 아니다. 길모의 위엄은 그렇게 말하고 있었다.

"하지만…….."

양혁의 몸이 벌겋게 달아오르는 걸 즐기며 길모가 돌아섰다.

"이봐. 홍 부장……."

"저는 약국에 볼일이 있어서……."

길모는 그대로 약국을 향해 걸었다. 천천히, 아주 천천히.

약국 안에서 음료수까지 한 병 까마셨다. 이어 마 약사와 근황 얘기까지 나눈 후에야 음료수를 사들고 나왔다. 그때까지도 양혁은 엉거주춤 같은 자리에 머물고 있었다.

"부탁하네."

양혁이 길모의 팔을 잡았다.

"정 그러시면 아무 룸이나 괜찮겠습니까?"

양혁의 얼굴을 바라본 길모, 그제야 슬쩍 수락의 기미를 보였다.

"그, 그럼… 관상이 문제지 룸이 문제겠는가?"

"윤표야, 6번 룸 청소 끝났지?"

길모가 청소를 하던 윤표에게 물었다.

"준비하겠습니다."

윤표는 인사와 함께 계단을 내려갔다.

뿍!

그사이에 길모는 음료수를 땄다.

"드시죠."

음료수를 내밀자 양혁은 황당한 표정을 지었다. 지금 음료수 마실 기분이 아니겠지만 그건 양혁의 입장. 길모가 계속 내밀자 양혁은 한 입에 털어 넣어버렸다.

"준비 끝났습니다."

계단 쪽에서 윤표의 신호가 올라왔다.

"가시죠."

길모가 계단을 가리켰다. 공 들인 떡밥을 물은 양혁, 필사적이긴 하지만 제풀에 지쳐 버리기 전에 뜰채에 담을 시간이었다.

타이밍은 예술이었다. 길모와 양혁이 계단을 내려설 때 뉴스가 흘러나온 것이다.

─검찰은 신규 카지노 인허가사업에 대해 뇌물이 오간다는 첩보를 입수하고 자체 증거 수집에 돌입한 것으로 알려졌습니다. 결정적인 단서가 나오면 지위고하를 막론하고 집중 수사해 엄벌에 처할 거라는…….

모른 척 지나치던 길모, 슬쩍 양혁을 돌아보았다. 텔레비전 앞에 걸음을 멈춘 그는 더욱더 하얗게 질려가고 있었다.

'노 변이 제대로 한 건 올려주고 있군.'

길모는 회심의 미소를 지으며 빈 룸의 문을 열었다.

"한 잔 올리겠습니다."

최고급 꼬냑으로 세팅을 한 길모가 병을 들고 말했다. 양혁은 서둘러 술을 받았다.

"내 술도 한 잔……."

술이 길모에게 건너왔다. 길모는 받은 잔을 가만히 내려놓았다.

"어쩐 일로……."

"홍 부장!"

다급한 양혁, 길모의 손을 덥석 잡았다.

"어디 아프시기라도?"

"그게 아니고… 급체 말일세……."

'급체?'

길모는 담담한 표정으로 양혁을 바라보았다.

"방책을 알려주시게. 홍 부장 말이라면 뭐든 따를 테니."

양혁이 말했다.

"……."

"홍 부장!"

"잠깐 카운터에 좀 다녀오겠습니다. 이 시간에 예약전화 올 데가 있어서……."

길모는 가벼운 인사를 두고 일어섰다. 복도로 나오니 장호가 보였다.

[시킬 일 있어요?]

"아니, 그냥 편히 쉬고 있어라."

길모는 카운터 앞에서 전화기를 꺼내 들었다. 통화의 목적지는 사우디아라비아였다.

[형!]

통화가 끝나자 장호가 결과를 물어왔다. 길모는 엄지를 세워주는 것으로 대답을 대신했다.

파면!

사우디아라비아에서 들은 결과는 그랬다. 양혁의 재산관리인이 홍콩 은행에서 파면을 당한 것이다. 이제 곧 그 소식이 양혁에게 올 것이다. 그렇게 되면…….

로비 자금의 반환!

검찰의 수사 가능성!

재산관리인의 돌연한 파면!

세 가지 악재가 겹치는 꼴. 양혁으로서는 급체가 아니라 급사에 가까운 멘붕으로 볼 수밖에 없었다.

길모는 다시 룸으로 입성했다. 그런 다음 묵직하게 자리를 잡았다.

"홍 부장!"

뭔가 전화번호를 짚어 보던 양혁은 다시 애처로운 시선을 보내왔다.

"방책이 필요하시다고 하셨습니까?"

"그, 그러네."

"제가 보기엔 내상이 커서 방책을 드려도 감당하기 어려우실 텐데……."

"아닐세. 뭐든지 말씀만 해보시게. 홍 부장의 방책이라면 내가 목숨을 걸고라도 받들겠네."

"양 사장님!"

길모가 고개를 들었다.

"……?"

"사장님의 상에는 곧 형옥과 재옥(財獄)이 닥치도록 정해져 있습니다. 진짜 목숨을 내놓는 각오가 아니면 헤쳐 나갈 수 없습니다."

"알겠네. 그러니……."

"정말 제가 드리는 방책을 따르실 각오가 되었습니까?"

"그렇다네. 진정으로!":

"그러시면……."

길모는 아주 느리게 뒷말을 이어갔다.

"방법은 딱 하나가 있습니다."

"그게 뭔가?"

"혹시 그런 말을 아십니까? 사주불여관상에 심상휘하관상이라는……."

"……?"

"사주보다는 관상이 위요 관상보다는 심상이 위라는 뜻입니다."

"심상?"

"마음 말입니다. 즉 선행……."

"……?"

"제가 어떤 장군의 일화를 들려드렸었지요?"

"그, 그렇지."

"그 장군은 어떻게 했다고 했습니까?"

"집착이 되는 금은보화를 다 버리고……."

"그러실 수 있겠습니까?"

"날더러 전 재산을 포기하란 말인가?"

"제가 하는 게 아니라 사장님의 상이 말하고 있습니다."

"자네… 내 재산이 얼만 줄은 알고 하는 말인가?"

"다른 재산은 모르지만 먼 곳에 있는 재산은 반드시 내려놓으셔야 합니다. 그렇지 않으면 형옥과 액운은 막을 수 없습니다."

순간,

다랑랑랑라!

양혁의 전화기가 울었다.

"받으시죠."

길모가 넌지시 권했다. 전화기를 집어 든 양혁, 그 얼굴은 미친 듯이 구겨지고 말았다.

"그, 그게 정말인가?"

누굴까?

길모는 상황을 즐겼다. 이제쯤 홍콩의 재산관리인이 연락을 해올 시간. 그 짐작은 적중했다. 양혁의 얼굴이 흙빛으로 변한 것이다.

"으윽!"

양혁은 신음 소리를 내며 전화를 끊었다. 테이블에 얼굴을 묻은 양혁은 한동안 어깨를 떨었다. 길모는 이렇다 할 말도 없이 그저 그 어깨를 바라보았다.

"그럼 천천히 드시고 가십시오."

길모는 그 말을 남기고 일어섰다. 카운터는 이미 날린 상황. 쓰러지고 말고는 양혁의 내공이 말할 일이었다.

딸깍!

문을 열었지만,

양혁은 말이 없었다.

'실패인가?'

고개를 반쯤 갸웃거린 길모가 복도에 한 발을 딛었다. 그때, 등 뒤에서 양혁의 신음 섞인 목소리가 따라 나왔다.

"홍 부장 말을 따르겠네!"

"⋯⋯!"

길모는 한 발을 딛은 채 주춤거렸다. 입가에 미소가 감돌았지만 양혁에게 보일 수는 없는 일이었다.

[형, 대박!]

목소리를 들은 장호가 수화를 그렸지만 그것마저 눈빛으로 제지했다. 그런 다음 우묵한 눈빛으로 돌아보았다. 왕의 확인이었다.

"먼 곳의 재산… 어떻게 하면 되는 건가?"

저벅!

길모는 다시 룸으로 들어섰다. 그런 다음, 양혁의 앞에 가지런히 섰다.

"이곳으로 기부를 하시면……."

테이블에 올려진 건 물론 헤르프메의 명함이었다.

"그런 후에 검찰에 자진 출두를 하십시오."

"자진 출두?"

양혁의 눈빛이 한없이 내려앉았다. 방책이라더니 웬 검찰 출두. 그의 눈은 그렇게 묻고 있었다.

"뉴스를 보고 관련 회사의 한 사람으로 떳떳하게 조사를 받으러 왔다고 하십시오. 숨지 않고 드러냄은 떳떳함의 발로이니 운명을 극복하는 방법의 하나입니다."

"그렇게만 하면 액운이 무마되는 건가?"

"잠깐만요."

길모는 거기서 한 번 더 양혁의 관상을 쏘아보았다.

"급체로 인해 재복궁의 대들보에 금이 갔습니다. 그러니 차후에도 선행을 하시며 심상을 가꾸셔야 액운이 영영 멀어질 것 같습니다."

"얼마나 오래?"

"적어도 10년……."

"……."

길모를 올려보는 양혁의 눈이 어린 새처럼 떨었다. 길모는 그 시선을 오롯이 받아주었다. 이 순간, 길모는 왕의 눈이었다. 가련한 신하를 거두는 하해 같은 왕의 모습. 그런 길모가 거기 있었다.

"부탁하네. 형옥만은……."

룸을 나가기 전, 양혁은 길모의 손을 잡았다.

검찰! 그는 지금까지 그 예봉을 잘도 피해왔었다. 프로 브로커답게 후환 없는 루트를 잘 이용했던 것. 하지만 이번에 찜한 세 루트는 모두 불발이었다. 작심하고 들어간 로비에서 세 명의 대상자가 동시에 토해낸 것부터가 비극의 단초였다.

그리고 이어진 검찰의 수사의지 천명과 홍콩 재산관리인의 파면. 거듭되는 비보는 그의 혼을 빼놓기에 충분했다. 그가 페이퍼 컴퍼니에 숨겨놓은 재산은 약 600억여 원. 포기하기에는 너무 아까운 돈이었지만 출처가 드러나면…….

그동안 감춰둔 불법 비리가 만천하게 드러날 가능성이 높았다. 그렇게 되면 해외 도피 재산부터 국내의 재산, 차명재산까지 모두 털릴 일. 그렇다면 다리 하나를 떼어놓고 달아나는 게 가 되는 게 유리했다. 교도소에 들어가서야 재산이고 뭐고 필요 없는 일이니까.

결국 양혁은 기세 등등 카날리아에 들어왔다가 삶은 고사리

꼴이 되어 차에 올랐다.

"살펴 가십시오."

길모는 양혁의 차에 대고 정중한 묵례를 올렸다. 자그마치 600억여 원을 회사할 통 큰 손님. 그리하여 가난하고 어려운 사람들에게 의지가 될 자금을 공급해 줄 사람. 비록 구린 돈을 모았겠지만 길모에게는 소중한 고객이 아닐 수 없었다.

"오빠!"

잠시 후에 낯익은 목소리가 들려왔다. 고개를 드니 혜수가 앞에 있었다.

"누구한테 하는 인사예요? 설마 나?"

그제야 도로를 보는 길모. 양혁의 차는 벌써 사라지고 없었다.

"아니, 오늘 오실 손님들에게 미리!"

길모가 둘러댔다.

"어우, 그렇게까지 할 필요는 없잖아요?"

"기분 좋은 날은 할 수도 있지."

"뭐가 그렇게 좋은데요?"

"뭐든 지 다!"

길모는 흰 이가 다 드러나도록 활짝 웃었다.

구린 돈, 더구나 역사적인 액수를 털어낸 이 저녁, 어찌 아름답지 않을 것인가?

* * *

"부장님!"

땅거미가 내린 저녁, 첫 개시로 1번 룸과 7번 룸이 동시에 손님을 받았다. 그때 은경에게 전화가 왔다. 사기를 친 이사가 자신을 찾아왔다는 것. 길모는 시계를 보았다. 첫 예약손님이 올 때까지는 약간의 여유가 있었다. 장호를 불렀다.

"오토바이 좀 대기해라."

[차가 아니고요?]

"오토바이!"

[알았어요.]

장호는 두 번 묻지 않았다. 길모가 계단을 오르자 장호의 오토바이는 벌써 바르릉 바르릉 몸살을 앓고 있었다.

"청담동! 쾌속!"

길모는 그 뒤에 오르며 헬멧을 썼다.

와다다당!

오래 걸리지는 않았다. 장호가 폭주의 진수를 보인 것이다. 오토바이는 묶은 내 풍기는 노바다야끼 앞에서 멈췄다.

[여기예요?]

"그래. 대기해라."

길모는 그대로 2층 계단을 올랐다. 문을 열자 일본풍의 여러 장식과 등들이 시각을 차고 들어왔다. 은경은 구석에 있었다. 그녀를 등쳐 먹은 이사라는 인간과 함께.

"……?"

길모가 느닷없이 등장하자 이사는 고개를 바짝 들었다.

"뭐야?"

그가 각을 세우며 물었다.

"은경이 새로운 매니저."

"매니저?"

그가 인상을 찡그렸다. 길모는 상 따위는 보지 않았다. 볼 가치도 없는 삼류 사기꾼 상이기 때문이었다.

"형씨, 오늘 조심해야겠어. 액운이 얼굴 가득 드리웠는데?"

길모가 의미심장한 경고를 던졌다.

"오라, 그러고 보니 네가 바로 나를 만나자던 그 웨이터?"

"웨이터가 아니고 매니저라니까."

"오냐, 그렇잖아도 잘 만났다. 네가 우리 은경이 허파에 바람을 넣은 모양인데 반했냐?"

'븅신!'

길모는 웃음 속에 그 말을 섞었다.

"아아, 사랑은 위대한 거지. 눈이 맞았다는 데야 나라님도 못 말릴 일이고……. 그런데 이걸 어쩌나? 우리 은경이는 나한테 채무가 있어요. 우리 말로 빚이라고 해야 하나? 빚!"

이사가 느물거렸다. 그냥 보아도 역겨울 정도였다.

"그래서?"

"그래서? 오, 말귀 알아듣네? 그래서 말인데 나는 원래 쿨한 사람이라 남들의 러브 라인은 존중해요. 그러니 채무만 청산해 주면……."

"얼만데?"

"딱 요 거!"

이사가 손가락 다섯 개를 펼쳤다.

"나 때문에 손해를 보았다는데 다 거짓말이에요. 돈은 오히려 내가 받아야 한다고요."

듣고 있던 은경이 핏대를 올렸다.

"야, 그건 니가 사회경험이 없어서 몰라서 그런 거고… 그동안 내가 너한테 투자한 돈이 있잖니. 세상엔 공짜가 없어요. 이건 법으로 따져도 내가 이기는 게임이야."

"주지!"

길모, 주저 없이 대답했다.

"오, 이 친구 진짜 화끈하네. 마음에 들어. 하긴 남자가 이 정도는 되어야지."

그 말과 함께 이사가 손을 내밀었다.

"따라오쇼. 현금인출기에서 찾아서 줄 테니까."

"그럴까? 야, 은경아. 너 이 화끈한 오빠 잘 모셔라. 나한테 있을 때처럼 버벅거리지 말고……."

이사는 은경의 어깨를 토닥거렸다. 하지만 은경은 바로 그 손을 밀쳐 냈다.

"부장님……."

은경은 우려가 가득한 얼굴이었지만 길모는 모른 척 밖으로 나갔다. 이사도 그 뒤를 따랐다.

"어이, 인출기는 저쪽인데?"

길모가 골목에 들어서자 이사가 한마디를 날려왔다.

"차에 미리 찾아두었어."

돌아보지도 않고 대꾸한 길모는 몇 발을 더 걸어가다 걸음을 멈췄다.

"미리 경고하는데 허튼 수작하면 재미없어. 나 그렇게 물렁한 사람 아니니까 돈 내놓든지 아니면 알아서 튀든지 초이스해라."

이사는 길모는 음산하게 쏘아보았다. 그는 믿는 구석이 있었다. 그의 등 뒤 저만치에 양아치 두 명이 포진한 것이다. 뒤가 구린 놈이니 보디가드랍시고 양아치들을 달고 다니는 모양이었다.

"어디… 나를 보자는 이유나 들어볼까? 남의 에이스 빼가는 대가를 주려고 그러는 건가? 아니면 허튼 가오나 잡으려는 거였나?"

이사가 징그런 미소를 지으며 다가섰다. 길모의 등 뒤로 펼쳐진 막힌 골목. 이사는 길모를 막다른 골목에 몰아넣은 듯한 기세였다.

"곧 알게 될 거야."

"곧?"

더욱 가까이 다가선 이사가 흰 이빨을 드러내며 웃는 사이, 와다당 장호의 오토바이가 튀어나왔다.

"……?"

양아치들은 혼비백산을 했다. 오토바이가 그들 키를 훌쩍 뛰어넘어 버린 것이다.

"이건 또 뭐야?"

이사가 발악을 하자 양아치들이 장호에게 달려들기 시작했다. 장호는 브레이크를 이용해 오토바이를 급회전시켰다. 바퀴에 강타당한 양아치들이 튕겨났다. 이어 앞바퀴를 들어 올린 장호, 쓰러진 양아치들 위로 벼락처럼 쏟아져 내렸다.

"……!"

양아치들은 오줌을 지리고 말았다. 얼굴을 뭉갤 줄 알았던 오
토바이가 허공에서 멈춘 것이다. 장호는 저승사자 같은 표정으
로 턱짓을 했다. 꺼지라는 뜻이었다.

"으아아!"

양아치들은 비명을 지르며 달아났다.

"더 있나?"

말없이 서 있던 길모가 이사에게 입을 열었다.

"으……."

단숨에 기가 질린 이사가 뒷걸음질을 쳤다. 그러자 길을 막고
있던 장호가 와다당, 마후라를 터트리며 시위를 했다. 이사는
오도가도 못 하는 신세가 되고 말았다.

"딱 한마디만 하겠다. 은경이 사기 처먹은 7천 토할래? 아니
면 피똥 토할래?"

"……?"

"3초 주지. 셋, 둘……."

길모는 여유를 주지 않고 바로 몰아붙였다.

"잇!"

눈치를 살피던 이사가 오토바이의 빈틈으로 튀었다. 하지만
그건 장호의 라이딩 실력을 몰랐기 때문이었다. 와당, 폭음을
낸 장호는 단숨에 이사를 뛰어넘어 앞을 가로막았다. 놀란 이사
가 그대로 쓰러졌다.

"뭉개라!"

와다당!

길모의 명령과 함께 오토바이가 앞바퀴를 꼿꼿이 들었다.

"……?"

바퀴가 멈췄다. 이사의 얼굴을 살짝 누른 상태였다. 장호는 뒷바퀴의 방향을 틀어 슬쩍 물러났다.

"다시!"

와다다당!

길모가 강조하자 오토바이는 미친 듯이 몸살을 앓았다.

터엉!

이번에는 강력하게 내리찍었다. 이사의 몸이 흔들릴 지경이었다. 다만, 조준이 살짝 빗나갔다. 귀를 스치며 땅을 찍어버린 것. 물론 장호의 신들린 솜씨였다.

"다시!"

와다다당!

한 번 더 오토바이가 앞바퀴를 쳐들자,

"잠깐!"

길모가 장호를 세웠다.

"이거 기억나? 돈 많은 남자와 술 같이 마시고… 눈 딱 감고 한 번 자주는 것. 그럼 1억도 문제없다고 했다지?"

길모가 다가와 이사의 기억을 당겨주었다. 예전, 은경이에게 바람을 넣던 그때의 말이었다.

"이런 말도 했다지? 우리 은경이가 통나무 같아서 파토 났다고. 그래서 당신이 테크닉을 가르쳐 주겠다고?"

"……!"

"얼마나 단단한지 오토바이 바퀴로 한 번 찍어볼까?"

길모의 손이 이사의 지퍼로 내려갔다. 그때서야 이사를 거품을 물며 백기투항을 했다.

결국 이사는 7천만 원을 토해놓았다. 목을 타고 올라온 오물과 함께.

[그냥 가요?]

길모가 골목을 나서자 장호가 물었다.

"아니!"

[그런데 왜 그냥 두고……]

"아직 비즈니스 끝이 아니거든."

길모는 먼 곳에 선 이사의 차량을 바라보았다. 양아치들이 이사를 부축해 태우고 있었다.

"마지막 인사를 해야지."

길모가 웃자, 장호는 그 의미를 알아들었다. 잠시 후, 이사의 차량은 이면도로에 들어섰다. 그리고 막 속도를 올리던 참에, 소리도 없이 장호의 오토바이가 앞쪽에 끼어들었다.

"어어!"

당황한 양아치가 핸들을 꺾자 차량은 건너편에 주차된 트럭을 들이박고 말았다. 운전하던 양아치가 고개를 들었을 때, 조수석은 뭉청 나간 후였다. 그 조수석에 앉은 사람은 이사였다.

"장호야!"

뒤쪽에서 상황을 확인한 길모가 입을 열었다.

[예, 형……]

"수술도 그렇게 시원하게 받고 와라."

[형…….]

"가자. 예약 손님 오실 시간이다."

길모는 헬멧을 머리에 썼다. 폭주하는 오토바이 뒤로 구급차 달리는 소리가 요란하게 달렸다.

첫 예약 손님은 길모를 왈딱 뒤집어놓았다. 다만 간극이 있었다.

먼저 들어선 사람은 당연히, 예약자 최 회장이었다. 이제 중국에서 자리를 잡은 몽몽의 최 회장. 그런데 그 옆에 선 사람이 길모의 시선을 잡아당겼다. 중국에서 만났던 이수경이 동행한 것 아닌가?

"어, 이수경 씨?"

길모는 수경을 기억하고 있었다. 물론 수경도 그랬다.

"니 하오 마!"

수경은 중국어로 인사를 해왔다.

"회장님!"

사전에 귀띔을 듣지 못한 길모가 최 회장을 바라보았다.

"미안하네. 보안이 필요한 일이라서 말이야."

"보안요?"

"두 분 더 올 건데 괜찮겠지? 안 된다고 하면 내가 여기 눕기라도 해야 할 판이네."

"회장님!"

"어서 수락하시게. 그분들도 홍 부장이 그리워 먼 이국에서 날아왔으니……."

"먼 이역이라면?"

길모의 눈이 수경에게 돌아갔다. 이수경이 날아온 이국. 그렇다면?

"리훙룽 서기장과 소천락 대인 말입니까?"

"천만에!"

최 회장이 고개를 저었다.

"그럼?"

"이제는 서기장이 아니라 정치국 상무위원님일세."

"······!"

"이번에 거물 정치인의 초청으로 한중 우호 협력차 오셨는데 홍 부장을 만나고 싶다지 않나? 그래 혹 소문이 날까 봐 내가 이렇게 예약을 했다네. 이해하시게나."

"그러셨군요."

"수락하시는 건가?"

"당연히 그래야죠."

"그럼 수고스럽겠지만 자네가 좀 모셔오시게나. 가까운 곳에 계시니 연락은 내가 하겠네."

"예!"

길모가 대답하자 최 회장이 수경을 바라보았다. 수경은 바로 전화기를 집어 들었다.

보안!

바야흐로 대선이 다가오는 시절이기에 이해가 되었다. 중국의 상무위원이라면 어마어마한 권력자. 그런 사람과 독대 밀담을 할 정도의 능력을 과시한다면 차기 정권에 유리한 포석을 놓을 수 있었다. 그렇기에 리홍룽 측에서도 조심을 하는 모양이었다.

리홍룽은 보통 세단을 타고 들어섰다. 모자를 눌러쓰고 내렸다. 소천락도 마찬가지였다. 일행은 모두 세 사람. 한 명은 그들이 데려온 통역이었다. 길모는 단정한 묵례를 올린 후에 1층 전용문으로 그들을 모셨다.

"홍 선생!"

별실 룸에 들어서고서야 리홍룽이 두 팔을 벌렸다. 길모는 그 팔에 가만히 안겼다.

"이어, 또 뵙게 되어 영광이외다. 한국의 관상왕!"

이번에는 소천락의 차례였다.

"한국 관상왕의 거처답군. 우주의 운명이 이 안에 충만한 것 같으니……."

소천락의 감상은 이수경이 간결하게 통역해 주었다.

"미력한 저를 잊지 않고 이렇게 찾아주시니 영광입니다."

길모는 거듭 인사를 올렸다.

"술은 마음대로 세팅하시게나. 실은 상무위원님과 소 대인께서도 내게 일임을 하셨다네."

"그러시면 우리 전통주를 준비해 올리겠습니다."

길모는 장호에게 사인을 주었다.

다행히 주류창고에 알맞은 술이 있었다. 주방에서 전통주에 걸맞는 안주가 마련되자 테이블 세팅은 어렵지 않았다.

"간뻬이!"

리홍룽이 술잔을 들자 일동 채워진 잔을 비워냈다. 이어진 대화는 화기애애했다. 리홍룽은 길모의 관상에 만족하고 있었다. 그때 하남성에서 길모가 알려준 미래. 그 방안이 상무위원이라는 꿈을 성취시켜 주었기 때문이었다.

소천락은 그동안의 에피소드를 들려주었다. 가깝게는 김석중의 성형외과에서 일어난 먼 친척의 해프닝부터 북한의 이연수에 얽힌 일화까지.

"이거 중국에도 홍 선생의 팬이 넘치니 관상재를 하나 만들어 일 년에 두어 번이라도 상학의 도를 베풀어주었으면 하네만. 이건 우리 리 상무위원님의 바람이기고 하고……."

소천락의 제안은 말로만 그치지 않았다. 상하이와 하남성에 길모가 머물면서 관상을 볼 수 있는 거처를 마련하겠다는 대안까지 나왔다.

"분에 넘치는 일이니 능력이 닿는지 두고 생각해 보겠습니다."

길모는 먼 곳에서 온 사람을 위해 여지를 남겨두었다.

"어떤가? 내 이제 높은 봉우리 하나를 차지했으나 더 높은 곳에 오를 수 있겠는가?"

술잔이 돌자 리홍룽이 물었다. 그런 다음 작은 상자를 내밀었다.

대권!

그의 바람이 질문에 진하게 묻어났다. 중국의 대통령, 주석이 될 수 있는가를 묻는 것이다. 소천락의 조언이 있었는지 통역이 상무위원 전체의 사진을 꺼내놓았다.

용 중의 용을 골라라.

봉황 중의 봉황을 골라라.

리홍룽은 말없는 시선으로 느긋하게 길모를 닦아세웠다.

'어차피 이걸 바라고 나를 찾아온 손님……'

대권에 대해서는 경계심이 강하던 길모. 그러나 그가 한국 대통령이 될 것은 아니었기에 사우디아라비아 왕자의 경우처럼 받아들었다.

"여기 세 분이 머잖아 질곡의 평지풍파를 겪습니다. 이때 잠룡이 등장하지만 않는다면……"

"세세!"

리홍룽, 두 손을 모아 포권의 자세를 취했다. 만족한다는 의미였다.

리홍룽은 원하는 질문을 한 후에 곧장 돌아갔다. 또 다른 약속이 있는 모양이었다. 최 회장 역시 흡족한 치하를 남기고 차에 올랐다.

[우와!]

장호가 놀란 건 매상 때문이 아니었다. 매상 역시 훌륭했지만 그보다 더 훌륭한 게 나온 것이다. 바로 리홍룽이 주고 간 작은 상자였다.

상자 안에는 금으로 만든 두꺼비가 한 쌍 들어 있었다. 아이 주먹만 한 게 아주 묵직했다. 돈으로 치면 1억을 호가할 가치였다.

"그 행운은 네가 가져라."

길모가 장호를 보며 말했다.

[네?]

"금두꺼비는 행운이잖냐? 그러니까 푹 품어봐라 이거다. 수술 성공, 장호 대박, 하면서!"

[형…….]

"뭐 너무 감격할 필요는 없고. 그런 다음에 헤르프메로 보낼 거니까."

[고마워요.]

장호는 뜨거워진 눈으로 금두꺼비를 안았다.

'엄마…….'

가만히 감은 눈으로 기억에서도 멀어진 어머니를 떠올리는 장호.

소리를 가질 수 있다면…….

그래서 첫 소리를 낼 수 있다면…….

그건 당연히 엄마가 될 것 같았던 장호.

하지만 이 순간, 장호의 마음은 변했다.

혹시 내일, 그러니까 수술이 성공된 그 가까운 내일. 장호가 첫마디를 토한다면 그건 바로 '형'이었다. 낳은 엄마보다 더 뜨겁게 정을 안겨준 사람.

홍길모…….

제8장

대권상(相) 융준용안(隆準龍顔)!

"파이팅!"

인천공항, 길모 사단의 목소리가 울려퍼졌다. 기운을 받는 사람은 장호였다. 장호는 노은철과 함께였다. 단정하게 차려입은 옷차림이 평소의 장호 같지 않았다.

"이야, 최장호……! 이렇게 차려입으니까 꼭 연예인 같다?"

길모가 분위기를 띄워주었다.

"오빠, 연예인처럼 보이려면……."

그 말을 들은 유나가 나서서 장호에게 선글라스를 씌워주었다.

"이게 이래 봬도 명품이거든. 어때? 뽀대 좀 나지?"

안경을 씌워준 유나가 힘주어 말했다.

"야, 너 어떤 손님이 여자 건 줄 알고 잘못 선물한 게 있다더니 그거지?"

"언니, 그런 걸 말하면 어떡해? 그래도 진통 명품이란 말이야."

혜수가 끼어들자 유나가 바로 입을 막았다.

"축하해, 장호 씨!"

손은 내민 사람은 홍연이었다. 촬영 중이던 그녀, 혜수의 전화를 받고 기꺼이 달려왔다. 이제 연예인이 되었지만 길모 사단을 잊지 않은 홍연이었다.

"애, 너는 제일 잘나가면서 입으로 때우냐?"

혜수가 슬쩍 핀잔을 주었다.

"그래, 기왕 입으로 때운다는 소리 들었으니 확실하게 입으로 때워줄게."

쪽!

뒤이어 장호의 이마에 홍연의 키스가 작렬되었다. 장호의 이마가 빨개진 건 물론이었다.

[이거 가져가.]

침묵하던 승아는 마지막으로 수화를 그렸다. 혹 마음이 상했을까 걱정했던 승아. 다행히 표정은 아주 밝았다.

[뭐야?]

손가락만 한 쇳덩어리를 받아든 장호가 물었다. 쇳덩어리는 꼭 붕어빵 모양이었다.

[캄보디아 행운의 물고기. 그걸 가지고 있으면 행운이 찾아온다니까 수술이 꼭 성공할 거야.]

[승아야……]

[잘할 수 있지?]

승아가 해맑은 미소로 수화를 그리자 장호가 그녀를 잡아당겼다.

[미안해. 나만 혼자 가서…….]

[왜 그래? 너라도 갈 수 있어서 난 행복해.]

[아, 씨…….]

장호는 승아를 않고 눈물을 그렁거렸다. 그걸 그냥 두고 볼 길모 사단이 아니었다.

"뭐야? 니들 이제 보니 우리 모르게 썸 타고 있던 거?"

바로 한마디 날린 건 유나였다.

[썸 좀 타면 어때?]

공교롭게도 장호와 승아가 동시에 수화를 그렸다.

"흐음… 장난 아니네?"

"야야, 그만하고 얼른 들어가라. 요즘 공항 보안 검색이 장난 아니라던데……."

보고 있던 길모가 실랑이를 말렸다.

[형…….]

"얌마, 고개 들어. 넌 홍길모의 동생이야."

[고마워요.]

"미국 가서도 기죽지 말아라. 너 이제 통장도 한두 개가 아니잖아. 너도 이제 빵빵한 부자야."

[형…….]

결국 또 길모에게 안기고 마는 장호.

"아, 진짜… 이래 가지고 수술 제대로 받겠나?"

"그만 가지."

결국 은철이 나서고서야 장호가 길모에게서 떨어졌다. 헤어짐은 순식간이었다. 두 사람이 보안 검색장으로 들어서자 시야에서 사라진 것이다. 그래도 길모 사단의 목소리는 두 사람에게 들렸다.

"최장호 파이팅!"

파이팅, 파이팅.

장호는 검색대 앞에서 돌아보았다. 사단 멤버들의 정을 마음 깊은 곳에 담으며. 그리고… 승아가 준 금속 붕어를 만지작거리며 맹세했다.

'승아야……'

붕어에서 승아 냄새가 났다.

'수술이 잘되면……'

장호는 마음속 깊은 곳에 묻어둔 말을 붕어에게 속삭였다.

길모의 차가 멈춘 곳은 노트북 카페였다. 그 앞에 공재도가 있었다.

"홍 부장님!"

공 부장이 다가왔다.

"왜 안에 계시지 않고……."

길모는 빈 공감에 주차를 하고 내렸다.

"귀한 시간 내주시는데 당연히 나와서 기다려야죠."

"별말씀을… 들어가시죠."

"저기……."

카페로 발길을 옮기는 길모를 공 부장이 잡았다.

"왜요?"

"안에 일행이 있습니다. 미리 양해를 좀 구하려고요."

일행!

많았다.

자그마치 네 명이었다.

더구나 보통 기자들이 아니었다. 무려 도하 신문사의 데스크급들이 포진한 것이다.

"⋯⋯?"

길모는 다소 의아했지만 크게 개의치 않았다. 공재도는 신문사 부장 기자. 그러니 모임이라도 한 건가 싶었던 것이다.

그런데!

테이블 위에는 자료가 엄청나게 많았다.

"뭐죠?"

공재도가 커피를 가져다주자 길모가 물었다.

"아, 한 번 보시렵니까? 사주 자료들입니다."

"사주 자료요?"

"황운설이라고 요즘 뜨는 역술가인데 대권분석표를 기고해 왔어요. 그래서 제가 좀 뵙자고 했습니다."

공 부장이 몇 장의 자료를 집어 들었다. 다른 부장들은 조용한 미소로 거들 뿐이었다.

"저번에도 말씀드렸지만 대권에는 별로⋯⋯."

길모가 다시 한 번 선을 그었다.

"관상은 좋은 일에 쓸 뿐, 대권 천기는 묻지 말라 이건가요?"

"예."

"홍 부장님 마음을 압니다. 그래서 저번에도 그냥 일어섰지요. 하지만 이제는 소용없어요. 본의와 상관없이 시달리시게 될 겁니다."

커피를 마시던 공 부장이 의미심장한 화두를 던졌다.

"무슨 뜻이죠?"

"어제 중국의 실력자 모셨죠?"

"······?"

길모가 파뜩 고개를 들었다. 극비로 모셨던 리훙룽이었다. 그런데 벌써 기자들이 알고 있다니··· 돌아보니 부장단들도 이미 인지하고 있는 눈치였다.

"카날리아는 그냥 술집이 아닙니다. 사실 많은 눈들이 주목하고 있지요."

공 부장은 담담하게 말을 이어나갔다.

"공 부장님이 직접 취재를 나왔던 겁니까?"

"나도 다른 정보망을 통해서 알았어요. 이제부터 난다 긴다 하는 양반들이 죄다 홍 부장님에게 쏠릴 겁니다. 우리 모두가 장담하고 있습니다. 어쩌면 우리도 그 일부가 될 수 있고요."

공 부장이 부장단을 돌아보았다. 그들의 침묵은 동의를 뜻하고 있었다.

"······."

"도리불언 하자성혜(桃李不言 下自成蹊)라는 말이 있잖습니까?"

공 부장은 커피를 넘기며 넌지시 길모를 일깨웠다.

도리불언 하자성혜!

복숭아나무와 자두나무는 아무 말도 안 하지만 그 꽃과 열매를 보러 사람들이 모여든다는 뜻이었다. 길모는 부정하지 못했다. 그렇잖아도 여기저기서 대권 관상에 대해 궁금해하는 신호가 오던 참이었다.

대권!

그게 무엇인가? 기업가에게는 미래의 방향이 될 수도 있고 자본가들에게도 절호의 비전이 될 수 있었다. 그 향배를 알 수만 있다면 말이다.

그러니 그 향배를 알 수 있는 일이라면 누가 수고를 마다할 것인가? 더구나 길모의 실력은 이미 알음알음 장안에 입증이 된 일. 꽤 많은 상류층이 알고 있는 일이니 그게 대권 유력자들 귀에 들어가지 않는다는 보장은 어디에도 없었다.

"그런데 사주 자료는 왜?"

아직 공 부장의 속내를 제대로 모르는 길모가 고개를 들었다.

"일단 한 번 보세요."

공 부장이 자료를 슬쩍 밀어주었다.

〈대통령의 사주.〉

맨 위의 빨간 글자가 눈을 파고 들어왔다. 그 뒤로 사주가 보였다.

임해. 을축. 병무…….

그리고 이어지는 대운…….

갑자. 을축. 임무…….

다시 또 다른 사람의 사주…….

임갑. 계축. 갑갑…….

대운은…….

갑인. 을인. 병진…….

사주는 여섯 유력자의 운명을 낱낱이 벗기고 있었다.

사주는 호신이 물이라 수인데 물이 없으니 꽃은 피나 열매를 맺지 못한다.

신강사주로 사오미에 대운이 깃드나 병자 세운에 수 흉갑이 금을 만나 칠살이 된다.

호신이 목이오 희신은 수라, 호는 을목이고 희신은 임수인데 토에 압사할 운이다.

역술가의 사주는 쭉 이어지다 결론을 맺고 있었다.

이번 대권은 수생목생화(水生木生火)할 사주에 인수가 호신이고 비견도 호신인 자가 득세하리라. 호신은 기상이자 선이니 백성이 절로 따를 지어다.

그 사주의 주인공은… 다름 아닌 이윤각이었다.

이윤각!

여당의 막후실력자. 원내총무 두 번에 원내대표 한 번, 지난 대선의 기획단장부터 굵직한 정치적 족적은 죄다 찍어놓은 인물. 사주의 주인공은 차기 대통령으로 그를 낙점하고 있었다.

"어떻게 생각하십니까?"

공 부장이 물었다.

"저는……."

"홍 부장님!"

공 부장은 잔을 들었다. 하지만 커피는 이미 바닥을 드러내고 있었다. 그는 커피대신 물을 홀짝 들이켰다.

"아까 제가 도리불언 하자성혜라는 말을 했었죠?"

"예."

"그 말은 사실 홍 부장 외에 이 나라 정치적 지도자들을 뜻하는 말이었습니다."

"……?"

"생각해 보십시오. 거기서 말하는 복숭아나무와 자두나무는 뛰어난 리더를 뜻하는 말입니다. 그런데 우리나라에는 그만한 도리(桃李) 재목이 없지 않습니까?"

공 부장의 말에 배석한 부장들이 고개를 끄덕였다.

"나라가 이 모양인 데는 물론 정치가들이 입으로만 구국을 하고 실제로는 제 잇속을 쫓아 합종연횡하는 치졸함이 원인이지만 뜻 있는 사람들이 정치를 외면한 이유도 있습니다."

공 부장의 목소리가 조금씩 높아갔다. 그러자 부장단들의 무게감이 더해갔다. 그제야 길모는 감을 잡았다. 부장단이 왜 배석한 건지. 우연은 아닌 것이다.

"우리는 언제까지 정치권에서 만들어낸 인물에 수동적으로 도장을 찍어야 합니까? 왜 그런 야합꾼들에게 국가의 미래를 맡겨야 합니까?"

공 부장의 목소리에 홀쩍, 힘이 들어가기 시작했다.

"공 부장님……."

"오래 고민했습니다. 홍 부장님의 순수한 의도도 잘 알고 있습니다. 하지만, 하지만 이런 일이야말로 부장님이 목숨 걸고 봐야 할 관상이 아니겠습니까? 여기 다른 신문사 부장들도 저와

견해를 같이 하고 있습니다."

"……."

"노숙자 김대욱의 관상을 보셨죠? 그리고 그를 바른 길로 이끌어 어엿한 사업가로 만드셨죠? 그뿐입니까? 의료 사고로 실의에 잠겼던 김석중을 세계적 성형의로 만들었고, 몽몽 최 회장의 중국 진출을 도왔습니다. 나아가 송광용의 사우디아라비아 진출 성사 등 부장님이 관상으로 이룬 실적은 가히 신묘막측 그 자체라고 할 수 있습니다."

"공 부장님."

"이제 다음 5년… 대한민국은 중대한 기로에 서 있습니다. 홍 부장님이 정치에 큰 관심이 없으니 모를 수 있지만 대한민국의 비극은 국민이 진정 믿고 따를 만한 지도자가 없다는 것입니다. 과거부터 지금까지 쭉……."

"……."

"지금이 중대한 기로입니다. 어떤 인물을 뽑느냐에 따라 선진국으로 도약할 것이냐, 아니면 지금까지 이룬 조그만 파이를 가지고 온갖 집단들이 이권다툼을 벌일 것이냐가 결정됩니다. 저기, 파이만을 파먹다 막을 내린 그리스의 영화가 먼 나라의 이야기가 아니란 말입니다."

"……."

"바라건대, 한 번만, 한 번만 대권 관상을 봐주십시오. 대체 어떤 지도자를 뽑아야 우리 대한민국이 화합하고 비전을 기대할 수 있는지……."

"……."

"제 생각에는 이 또한 홍 부장님께 내린 천명이라고 생각합니다. 그래서 뜻을 같이하는 기자들과 함께 논의 후에 모시게 된 것입니다. 이는 홍 부장님 덕분에 새 길을 찾은 제가 깨달은 치졸한 도입니다."

공재도, 거기까지 말하고 길모를 바라보았다. 곧은 시선이었다. 그건 자기 욕심이나 부리는 기자들, 그런 기자들이 한 건 올릴 때 감언이설 하는 시선이 아니었다.

눈은 마음의 창!

게다가 남자의 상은 눈이 절반!

길모가 어찌 모를 것인가?

더구나, 부장단들이 기립을 했다. 공재도도 그에 박자를 맞췄다. 그들은 길모를 향해 정중한 묵례를 올렸다.

부탁합니다!

그들은 온몸으로 말하고 있었다.

"홍 부장님이 정치를 싫어하는 것, 공연히 발을 담그고 싶지 않은 것, 잘 알고 있습니다. 하지만 이 일은 홍 부장님께 내린 천명입니다. 회피하지 말아 주십시오. 천 명 만 명을 살리는 것보다 더 중요한 관상입니다."

"……."

"홍 부장님!"

"……."

"당장 답을 달라는 건 아닙니다. 하지만 도망치시면 안 됩니다."

'도망?'

길모가 고개를 들었다.

"주제넘지만 그렇게 생각합니다. 만약 제가 국가적인, 혹은 정치사회적으로 엄청난 비리나 게이트, 커넥션 같은 걸 알았는데 내가 보도하기엔 주제넘다, 혹은 나는 이쪽 일은 관여하기 싫다 해서 그냥 넘어간다면 홍 부장님은 저를 어떻게 생각하실 겁니까? 그런 기자를 어떻게 생각하실 겁니까?"

기레기!

길모는 생각하지 않았다. 그런데도 반사적으로 그 단어가 머리를 뚫고 갔다. 공 부장이 그런 인간이라면 상종하지 않을 것이다. 모름지기 기자라면 그 정도 사명감은 가지고 있어야 하는 법이었다.

"말이 많았습니다. 찬찬히 생각해 보시고 혹시 제 말에 공감하시거든 전화 주십시오. 우리 모두, 언제든 달려가겠습니다. 홍 부장님이 천명하는 천기를 국민들에게 알리는 데 앞장서겠습니다."

공재도, 소리도 없이 비장하게 돌아섰다. 그러자 부장들도 그 뒤를 따랐다.

"부장님!"

길모는 돌아보지 않은 채 공재도를 불렀다.

"예?"

"혹시… 제가 거절하면 어떤 옵션이 있는 겁니까? 저희 카날리아에 대해 무차별 부정적인 보도를 내보낸다든가 아니면 리훙룽 상무위원이 다녀간 걸 흥밋거리 기사화한다든가……."

"홍 부장님."

"예."

"전혀요. 이 일에는 어떤 옵션도 딸려 있지 않습니다."

공재도는 한마디로 대답했다. 그걸 끝으로 일동 문을 밀고 나갔다.

침묵!

음악이 흐르지만 맹렬한 침묵이 길모에게 달려들었다. 먹먹했다. 조금도 예상하지 못했던 공 부장의 제안. 길모의 가슴과 뇌를 흔들어댔다.

대권…….

길모는 사주 자료를 만지며 그 단어를 생각했다. 대권 시기가 오면 우후죽순으로 견해를 밝히던 관상쟁이들, 그리고 역술가들. 그렇기에 모상길은 길모에게 경계를 주었었다.

하지만 공재도의 말도 틀린 건 없었다.

노숙자에게까지도 도움을 주었던 길모. 해외진출 사업가에게도 도움을 주었던 길모. 그러니 더욱 큰 이상향을 이끌어갈 대권주자라면, 5천만의 미래를 이끌 사람이라면 길모의 관상이 더욱 필요한 일인지도 몰랐다. 말하자면, 모상길의 주장에 대한 역설이었다.

길모의 시선이 천천히 내려갔다.

사주 서류 아래에는 유력 후보자 여섯의 사진이 딸려 있었다.

황기운, 이윤각, 천보성, 류헌재, 오순범, 정완모…….

길모는 사진을 덮었다. 정치에 적극 관여하느냐? 선을 긋고 사느냐?

강력한 딜레마가 길모를 찾아왔다.

* * *

공 부장의 암시는 맞았다. 정치권의 별실 예약 러브콜이 쇄도한 것이다. 누구누구 의원의 비서실장부터 보좌관들까지 정치 일색이었다.

관가의 전화도 홍수를 이루었다. 차관급이니 공공기관장이니 하는 예약문의 전화가 이어졌다. 대권의 향배를 알아 줄을 서려는 것. 공재도의 말이 적중했다. 중국의 떠오르는 별 리홍룽이 길모의 별실 룸에 다녀갔다는 말이 새어 나간 것이다.

리홍룽이 만난 홍길모.

길모의 관상 실력은 그것만으로도 보증수표가 되고도 남았다.

대권!

배터리를 빼고 신문을 집어 들었다. 바야흐로 여기저기 대권 주자들이 얼굴을 내밀고 있었다. 더러는 성형까지도 불사한 얼굴이었다. 길모에게야 쓸데없는 짓이지만 국민들에게는 좋은 이미지로 보일 수도 있는 시도.

하긴 먼 옛날부터 그랬다. 대권을 위해서라면 악마에게 영혼이라도 파는 게 정치꾼들 아닌가?

머리가 아팠다.

그냥 넘어갔으면 했던 대권의 향배… 그 폭풍이 길모를 향해 휘몰아치고 있는 것이다.

우려는 첫 손님에게도 나타났다. 모 기업의 회장 비서실에서 예약한 시간, 느닷없이 정태수가 찾아들었다.

"이어, 홍 부장!"

정태수는 환한 미소를 머금고 들어섰다.

"의원님!"

길모는 놀랄 수밖에 없었다. 예약자를 대신해 들어선 정태수, 더구나 그 옆에는 또 다른 국회의원이 포진하고 있었다.

금고 두 개를 사회에 환원한 정태수였다. 그 기행 이후로 그의 인지도는 꽤 올라가 있었다. 그의 결단과 사람들의 망각이 어우러지며 상승효과를 낸 것이다. 말하자면 길모의 처방이 딱 맞아떨어진 셈이었다. 그도 이제 잠수를 끝내고 부상하려는 것일까?

"놀랐지? 요즘 홍 부장 만나기가 하늘의 별따기라기에 내가 아는 회장에게 청탁을 좀 했다네!"

정태수가 먼저 손을 내밀었다.

"아닙니다. 다시 모시게 되어 영광입니다."

길모는 공손하게 고개를 숙였다.

"인사드리시게. 여긴 요즘 잘나가는 소장파 모임의 두목 은덕기 의원!"

정태수가 같이 온 의원을 가리켰다.

"......?"

의례적으로 고개를 숙이던 길모, 고개를 다 들기도 전에 은덕기의 상이 눈을 자극해 왔다. 뭐랄까? 표시 나지 않지만 귀기(貴氣)가 탱천한 느낌이었다.

"잘 부탁드립니다. 홍 부장입니다."

길모는 하던 대로 명함을 내밀며 허리를 조아렸다. 웨이터의 법칙, 손님의 눈보다 높으면 안 되는 것에 충실한 것이다.

"나야말로 잘 부탁드립니다."

길모의 귀에 은덕기의 목소리가 스며들었다. 좋았다. 맑으면서도 소탈함이 가득한 청아한 목소리. 하지만 그건 놀라움의 서막에 불과했다.

"……?"

겨우 고개를 든 길모는 은덕기와 시선이 마주치자 움찔 흔들리고 말았다.

경악!

한마디로 경악이었다. 그 흔들림이 어찌나 크던지 옆에 있던 윤표도 놀랄 정도였다.

'봉황 중의 봉황……'

길모의 목소리가 안으로 무섭게 떨었다. 이목구비가 수려한 비단으로 빚어놓은 조각 같았다. 유려하게 높은 콧마루와 용 느낌이 절로 나는 눈썹 주위의 이마… 뚜렷한 인중과 버들잎 눈썹, 단단한 귀. 자신도 모르게 상을 짚는 모든 부위마다 고른 윤기가 아련하게 빛나고 있었다.

명궁과 인당을 중심으로 뻗어나간 생기는 사방으로 뿌리를 내렸다. 그냥 밝기만 한 게 아니다. 아침 갓 떠오르는 아침햇살처럼 부드럽고 맑았다.

더구나!

두 눈은 별처럼 빛나고 입술 끝은 날아오를 듯 힘이 가득. 이 두 가지만 보아도 그는 귀격 중의 귀격이었다.

한 마디로,

'융준용안(隆準龍顏)!'

대권!

퍼펙트한 대권상이었다. 게다가 판을 바꿀 상!

예전이라면 역적의 상이겠으나 지금 세상에서는 변혁의 기수가 될 진정한 리더…….

꿀꺽!

길모는 입안의 침을 넘겼다. 하지만 그새 침이 말라 버렸는지 넘어가는 게 없었다. 목만 사납게 아팠다.

그때 길모의 전화기가 울렸다.

"잠시 실례하겠습니다."

길모는 겨우 입을 열고 복도로 나왔다. 핑계였다. 원래 같으면 걸려온 전화를 무시했을 것이다. 왜냐하면 눈앞의 손님에게 최선을 다해야 하는 것. 그 또한 웨이터의 직분이므로.

하지만 정신이 없었다. 그렇기에 잠시 숨을 돌릴 시간을 마련한 것이다.

"형!"

걱정이 되었는지 윤표가 물었다.

"쉬잇, 난 괜찮으니까 노트북 좀 가져와라."

윤표가 노트북을 가져오자 길모는 대선주자로 회자되는 여섯 잠룡의 얼굴을 띄웠다. 길모는 서둘러 그 들의 상을 짚어갔다. 느닷없이 등장한 융준용안. 내키지 않지만 다른 대권주자들의 상을 살펴볼 수밖에 없었다.

하나, 둘…….

후보들 얼굴을 넘기며 마지막으로, 이윤각을 주목했다. 사주학자가 찜한 대권주자. 몇 가지는 좋았다. 나쁘지는 않았다 그러나 은덕기와는 댈 것이 아니었다. 말하자면 방어와 고래의 비교랄까?

정태수가 그런 대물을 데려왔다.

그렇다면 정태수!

그가 킹메이커라도 되려는 걸까? 동행한 은덕기 의원에게서 대권 파워가 진동한다는 걸 알고 왔단 말인가?

하지만 일단은 떠볼 필요가 있었다.

평양감사도 저 싫으면 그만인 세상이 아닌가?

숙희는 장태수 옆에, 승아는 은덕기 옆에 앉혔다. 승아는 은덕기에게 다소곳이 눈인사를 했다.

"목이 좋지 않아 말을 못 합니다. 필요한 건 문자로 찍으니 양해해 주시면……."

길모는 은덕기에게 양해를 구했다.

"괜찮습니다. 저는 정 의원님을 따라 홍 부장님을 뵈러온 것이니……."

은덕기는 부드럽게 웃었다.

"은 의원, 여기 분위기 어떤가?"

정태수가 별실을 둘러보며 은덕기에게 물었다.

"룸싸롱 같은 곳은 편치 않던데 여긴 괜찮아 보입니다."

"홍 부장이 버티고 있기 때문이지. 나에게 대승적 결단을 내리게 한 것도 홍 부장이었으니……."

"그 말씀 듣고 무척 놀랐습니다. 정 고문님에게 감히 조언을 하는 웨이터라니……."

"말했잖나? 보통 웨이터가 아니고 관상박사라고. 은 의원도 운때 잘 맞추려면 잘 보여야 할 걸세. 한 번 쳐다봤다 하면 천기누설이니까."

"당치 않습니다."

길모가 끼어들었다.

"아니긴? 나야 이미 마음을 비웠지만 은 의원은 앞날이 짱짱한 사람. 그러니 관상 궁합이 잘 맞는 사람 쪽에 줄을 서야 할 것 아닌가? 그러자면 홍 부장의 조언이 필수적일세."

"고문님이 키워주셔야지 어디로 줄을 선단 말씀입니까?"

은덕기가 정태수를 치켜세웠다.

"내가 다 비우기 전이라면야 키울 수 있겠지. 하지만 저번 국감 때 정책 대안의 모범을 제대로 보여주며 훌쩍 큰 은 의원이 아닌가? 더구나 봄 춘투에서도 노동자들의 유일한 지지를 받았고. 나는 퇴물에 날개 꺾인 용이라 은 의원에게 도움이 될 리 없네."

키운다?

듣고 있던 길모는 코웃음을 간신히 참았다. 은덕기는 차마 정태수가 넘볼 그릇이 아니었다. 지금은 귀태가 감춰져 있지만 곧 들어날 사람. 어쩌면 정태수가 은덕기에게 목을 매야 옳을 일이었다.

"홍 부장!"

몇 차례의 덕담이 오간 후에 정태수가 길모를 바라보았다.

"예, 의원님!"

"우리 은 의원 관상 어떤가?"

"······!"

결국 기다리던 차례가 오고 말았다. 짐작하던 질문이지만 길모는 격하게 긴장했다. 전에 없이 손까지 떨고 있는 판이었다.

봉황 중의 봉황상, 용 중의 용상.

더구나 그 질문을 한 사람 또한 봉황이 되기를 꿈꾸던 사람······.

"길상입니다."

길모는 일단, 평범하게 답했다.

"사람, 그러니까 의원 자리를 꿰어 찼겠지. 그런 거 말고 최소한 원내총무나 총재는 해먹겠느냐 이 말일세."

"어이쿠, 고문님. 이제 고작 재선인 제게 무슨 말씀을······."

놀란 은덕기가 수습에 나섰다.

"솔직히 말하자면 은 의원은 능력도 능력이지만 품성이 숭고해서 내가 주목하는 사람이라네. 그런데 정치라는 게 어디 자기 능력만으로 되나? 게다가 대선이 가까워지면서 여러 계파 간에 알력이 있을 것이니 어느 쪽을 지지해야 클 수 있는가 답을 얻으러 온 거라네."

정태수가 솔직하게 말했다. 길모는 고개를 끄덕였다. 혹시라도 마음속에 미련이 남았나 했는데 그건 아닌 모양이었다.

"아, 진짜··· 왜 이러십니까? 고문님!"

은덕기는 한 번 더 손사래를 쳤다.

"내가 다 들은 게 있어서 그러네. 지금 몇몇 진영에서 자네를 데려가려고 공작 중이라네. 자네처럼 실력 있고 평판이 좋은 사람을 내세워 개혁 이미지를 강조하려는 게지. 하지만 줄 잘못 서면 바로 끝이라네. 다음 공천에서 공천도 못 받아. 정치라는 게 그런 거거든."

정태수는 뜻을 굽히지 않았다. 비록 부패한 정치 역정을 지나왔지만 그 바닥의 생리를 잘 아는 정태수. 괜찮은 후배 의원을 보호하려는 진심이 엿보였다.

"홍 부장, 부탁하네."

정태수가 봉투를 내밀었다. 그러고는 은덕기에게도 재촉을 했다.

"은 의원도 복채를 내시게. 홍 부장의 관상은 신묘막측, 신이 미리 정한 운명을 들여다보는 것에 다름 아니거든."

은덕기는 지갑을 꺼내더니 그 안의 것을 탈탈 털어놓았다. 도합 35,000원이었다.

"이보시게. 우리 홍 부장은 길바닥 관상쟁이가 아니라……."

정태수의 우정 어린 핀잔이 작렬했다.

"죄송합니다. 제가 그렇게 비싼 관상은 본적이 없어서… 미안하지만 이 돈에 해당되는 것만큼만 부탁드립니다. 이것도 다 제 복일 테니……."

은덕기가 길모를 바라보았다. 그 눈에는 거짓이나 위선이 없었다. 돈이 아깝거나 위세를 떠느라 하는 행동이 아니었다.

"……."

정태수의 눈이 다소 불안스럽게 길모를 향했다. 정태수가 생각하기에도 35,000원은 길모에 대한 무례에 다름 아니기 때문이었다.

35,000원!

그러면서도 3억 5천만 원보다 더 당당한 시선…… 그게 길모의 마음을 끌었다.

"정 의원님!"

침묵하던 길모의 입이 열렸다.

"말씀하시게!"

"이분에게 기대하시는 게 원내총무입니까?"

"응?"

"원내총무를 기대하시냐 그 말씀입니다."

"아니지. 이 친구는 그 이상의 그릇도 될 수 있지."

"그 이상이란 무엇입니까?"

"원내총무 위면… 당 대표?"

"정 의원님!"

다시 은덕기가 제지하고 나섰다. 황송하다는 표정이었다.

"당 대표까지입니까?"

길모의 시선은 여전히 정태수에게 꽂혀서 떨어지지 않았다. 정태수는 잠깐 당황했다. 길모가 다른 때와 영 달랐던 것이다. 하지만 그도 산전수전 다 겪은 나름 베테랑 정치인. 길모의 속내를 짐작했는지 배팅 수위를 높였다.

"물 제대로 만나면 그 이상도 가능하지."

그 이상!

길모가 원하던 대답이 나왔다.

"그렇다면……."

길모는 잠시 호흡을 끊었다가 다시 이었다.

"그 정도 상을 원하신다면 조금 기다려 주셔야합니다."

길모의 눈이 섬광을 뿜었다. 당 대표 이상. 누구도 말하지 않았지만 암묵적으로 대권을 가리키고 있었다. 그런 관상을 선 자리에 뚝딱 해치울 수는 없는 일이었다.

"얼마나?"

묻는 정태수의 목소리에도 긴장감이 감돌았다. 뭔가 심상치 않은 느낌을 캐치한 것이다.

"한 시간 정도……."

"기다림세."

화끈한 대답이 나왔다.

"그럼……."

길모는 묵례를 남기고 바로 돌아섰다. 등 뒤로 황망해하는 은덕기의 목소리가 들렸지만 듣지 않았다. 복도로 나온 길모는 잔뜩 곤두선 긴장을 풀었다.

운명…….

'운명이 내게로 왔다.'

길모의 시선이 바로 섰다.

맞추면 본전, 틀리면 몰락!

그럼에도 관상쟁이라면 피해가기 어려운 대선 관상.

가만히 공재도의 말을 떠올렸다. 대권상을 가진 인물을 보아서일까? 그의 말에 슬슬 끌리기 시작했다. 보지 않았으면 모르되, 도토리 키 재기 판이라면 모르되, 하늘이 내린 대권상이 나타났음에랴!

'호영······.'

결국 그 이름을 부르고 말았다. 거침없는 관상의 길을 가게 한 호영. 길모와 똑같이 생긴 인간. 그라면 어떤 길을 택할까?

"윤표야!"

고뇌하던 길모가 마침내 입을 열었다.

"예!"

"네 애마로 퀵 배달 좀 가야 할 것 같다."

"말씀만 하세요. 뭐 배달하게요?"

"나!"

"······?"

길모는 바로 공재도 부장에게 전화를 걸었다.

"공 부장님!"

길모가 부탁한 건 여섯 대권주자의 자료였다. 다른 건 필요 없었다. 최근의 사진, 최근의 동영상, 가급적이면 선명하게 나온 걸로 부탁했다.

지금 전송! 길모의 옵션은 단 하나였다.

자료가 이메일로 들어오자 그걸 바탕화면에 내려 받은 길모, 바로 밖으로 나왔다.

"형!"

오토바이 위에 오른 윤표가 길모를 바라보았다.

"목적지는 납골묘. 속도는 최대한!"

"예!"

윤표는 더 묻지 않았다. 야심한 시간. 납골묘라니? 뭐라고 한 마디 질문을 붙일 만도 했지만 바로 마후라를 달굴 뿐이었다.

윤표, 이미 장호로부터 이런 저런 당부를 들었던 까닭이었다.

와다다당!

장호처럼, 애마의 앞바퀴를 들어 허공을 긁어댄 오토바이가 바람을 가르기 시작했다.

'호영⋯⋯.'

길모는 윤표의 등 뒤에서 바람을 맞았다. 가슴에 안은 노트북. 그 안에 담긴 여섯 대권주자들의 보강된 자료. 그 옛날, 새로운 역사를 열 왕의 관상을 읽은 관상쟁이의 마음이 이랬을까? 어쩌면 새 역사를 쓰게 될지도 모르는 관상의 천기누설. 그 관상쟁이의 심장이 이토록 떨렸을까?

길모는 검은 밤 속에서 희번덕거리는 자작나무를 지나 호영의 묘역으로 갔다. 북어를 놓고 소주를 따랐다. 남은 소주는 길모가 한 모금 마셨다.

'왔나?'

자작나무 숲에서 날아온 바람 소리가 호영의 목소리가 되어 귓전으로 밀려들었다.

응, 잘 있었어?

'대권상 때문에?'

다행히 그가 먼저 알고 묻는다.

응!

'두려워?'

조금⋯⋯.

'그럼 마음껏 두려워해. 여기 누우면 아무 생각도 할 수 없으니까.'

바람은 점점 순하게 귓전을 어루만졌다. 마치 호영이 귓속말을 하는 느낌이었다. 두려워하라고?

'너는 살아 있으니까 그 살아 있음을 누리면 돼. 아무도 그걸 침범하지 못해.'

호영······.

'그게 너잖아? 감정에 솔직한 거··· 갑자기 다른 사람이 되고 싶어?'

나는······.

'후구군여신다지민은여위내시등언(後句君如臣多支民隱如爲內尸等焉)!'

응?

'군답게 신답게 민답게······.'

나답게?

'응!'

마지막 대답은 아주 짧았다. 그러고는 바람이 멈췄다. 호영의 소리는 더 들리지 않았다. 자작나무를 바라보지만 말없이 일렁일 뿐이다. 그 모습은 흡사 호영의 미소처럼 보였다.

그렇군!

길모는 입안의 침을 넘겼다. 바로 노트북을 켰다. 이것은 길모에게 주어진 숙명. 숙명과 마주해서 도망치는 건 파타야의 한 번으로 족했다. 그렇다면 해야 할 일은 단 하나. 가장 적확하게 대권상을 읽어내는 것. 한 치의 오차도 놓치지 말고 대권상을 찾아내는 것.

'이 또한 새로운 도전!'

맞았다.

도전이었다.

그냥 대권상을 보는 게 아니라, 이번 대선의 주인공을 적확하게 가려내는 것. 온갖 변수와 정치적 술수가 난무하는 정치판이었으니 그 장벽까지도 넘어야만 진정한 대권상을 보았다고 할 수 있을 일이었다.

'어쩌면……'

모상길의 말이 다가왔다. 많은 관상쟁이들은 그 변수를 넘지 못했다. 보기에는 대권상인 거 같은데 당내 역학관계에서 밀린다. 혹은 친인척, 과거의 비리가 후보에게 딴죽을 걸어 낙마. 혹은 시대적 요청에 의해 급부상하는 대세론에 밀려 낙마……. 그것까지 짚어내야 하는데 웬만한 관상쟁이에게 그런 능력이 있을 리 없었다.

'도전……'

길모는 시선을 가다듬었다. 마음도 가다듬었다. 거기까지 짚어낼 수 없다면, 단순히 이런 얼굴이 봉황상이오 할 바에는 대권에 대해 침묵하는 게 옳았다. 그러니, 이야말로 길모의 관상 인생에 있어 최대의 도전이라고 해도 과언이 아니었다.

눈을 걸었던 소천락과의 관상대결. 그러나 오늘은, 무엇보다 스스로의 한계와의 대결…….

어쩌면 지금까지의 그 어떤 관상보다도 어려운 관상이 될 일이었다.

대권주자 여섯 중 둘은 대권감이 아니었다. 일찌감치 삭제해 버렸다. 나머지 넷 중의 둘도 대권 선거 시기에 운이 좋지 않았다. 혹 대권주자가 된다고 해도 선거에서 석패할 상이었다.

이제 남은 건 둘이었다.

길모는 이윤각을 다시 살펴보았다.

방어와 고래.

그러나 방어가 고래를 삼킬 수도 있는 게 바로 정치판이었다. 미릉골이 가히 예술적이며 여덟 팔자 눈썹에 손가락이 두 개는 들어감직한 넓은 미간, 나아가 코가 우뚝하여 대귀까지 깃들었다. 거기에 입 또한 큼지막하니 세상을 호령할 상임에는 분명했다.

그러나 자세히 보면 아랫입술이 윗입술을 살짝 덮고 있다. 얼핏 보면 대귀할 상이지만 속이 음흉한 사람. 한마디로 후중지상으로 보이지만 본색은 고한지상인 상이었다. 선거가 끝나면 토사구팽을 시작할 사람. 이런 사람이라면 미래를 기대하기 힘들었다.

마지막은 성공한 기업가인 오순범…….

그 역시 얼핏 보기에는 대귀할 상이었다. 희고 잘생긴 얼굴… 귀티가 좌르르 흐른다. 청수지상이다. 하지만 한 꺼풀을 열고 보면 위장막에 불과하다. 심상이 사납고 탁하니 살기가 가득하다. 속탁지상을 청수지상으로 위장한 얼굴일 뿐이었다.

그럼에도 불구하고 이들 둘의 대선 시기 운은 천운강림에 이르고 있었다. 둘이 붙는다면 막상막하요, 다른 후보들과 붙는다면 이들 중의 누군가가 당선될 것은 자명해 보였다.

여섯 후보를 다 읽어낸 길모가 눈을 감았다. 머릿속에 여섯 후보들의 얼굴이 줄줄이 떠올랐다. 이어 은덕기의 얼굴이, 그들을 밀어내며 자리 잡았다.

은덕기!

대권주자들 속에서도 저 홀로 빛나는 상. 화려하지 않으면서도 저절로 드러나는 존귀한 상. 내세우지 않아도 저절로 빛나는 인품과 능력. 겸허하지만 함부로 넘볼 수 없는 위엄…….

그가 날고 있었다. 자작나무 위, 눈부신 은빛 광채를 뿜으며 봉황의 자태를 뽐내며!

그 아래로 여섯 새들이 추락하고 있다. 봉황을 꿈꾸던 그들… 넘볼 수 없는 것을 꿈꾼 이카루스의 날개처럼 허망하게…….

'아아!'

길모는 깊은 신음과 함께 눈을 떴다. 노트북 화면에서는 여전히 대선후보들의 얼굴이 빛나고 있었다. 길모는 노트북을 들어 납골묘의 대리석에 내려쳤다. 노트북은 반 토막이 나버렸다.

여섯 후보!

화면은 사라졌다. 길모의 선택은 단 하나였다. 단 하나!

길모는 납골묘역을 내려왔다. 어둠 속에서 만물이 숨을 죽였다. 빛나는 것은 오직 길모의 안광뿐이었다.

*　　　*　　　*

35,000원. 다시 별실로 돌아온 길모는, 테이블 위에 놓인 그 돈을 정성껏 집어 들었다.

"은 의원님!"

번민을 내려놓은 길모의 목소리는 맑았다.

"예, 부장님!"

"은 의원님의 상은 사람을 즐겁게 하는 상이니 복채는 이것으로 충분합니다. 봐드리지요."

길모는 고요한 눈으로 은덕기를 바라보았다.

"……."

"……."

별실 안에 긴 침묵이 흘렀다. 잔잔하게 마주친 길모와 은덕기의 시선. 둘은 약속이나 한 듯 오랫동안 눈을 깜빡거리지 않았다. 대권상을 알아본 길모처럼 은덕기도 길모의 능력을 알아본 걸까? 그 오랜 침묵 앞에 다른 사람들은 감히 침도 제대로 넘기지 못했다.

대권의 상(相) 융준용안(隆準龍顔)!

삼세판! 중요한 일은 일단 삼세판이다. 더구나 대권임에랴?

'후우!'

길모는 소리 없는 한숨과 함께 마지막 확인을 끝냈다. 그는 비상한다. 대붕이다. 침묵하고 있지만 날개를 펴는 순간 천 리를 날아간다. 당장은 후보군에도 끼어 있지 않지만 부각되는 순간, 단숨에 후보군을 압도하고 국민의 희망봉으로 자리 잡을 운명.

나아가 지리멸렬, 자기 잇속으로 무장한 정치권을 갈아엎고 일대 개혁과 혁신을 단행해 국민에게 희망을 줄 사람.

한 번 더 확인이 되었다. 길모는 이제 의심하지 않았다.

"어느 라인에 줄을 서야 은 의원이 미래를 꿈꿀 수 있겠나?"

정태수가 명제를 각성시켜 주었다.

"의원님······."

길모는 은덕기를 바라보았다.

"예!"

"겨드랑이가 간지럽지 않으신지요?"

"무슨 말인가?"

길모의 입이 열리기 무섭게 정태수가 물었다.

"일일난재신 급시당면려(一日難再晨 及時當勉勵)라. 하루에 새벽이 두 번 오지 않으니 좋은 때를 잃지 말고 힘을 써야 할 것 같습니다."

"······?"

길모의 말에 은덕기가 고개를 들었다.

"날개를 펼 시간입니다."

"······?"

은덕기의 눈이 살짝 크기를 더해갔다. 길모는 계속 말을 이었다.

"독보세간여서각(獨步世間如犀角)!"

"독보세간여서각? 무소의 뿔처럼 혼자서 가라?"

"예!"

"하핫, 그거 마음에 드는 말이기는 합니다만."

은덕기는 길모의 말을 부드럽게 받아들였다.

"이보시게, 홍 부장. 우리 은 의원 관상이 좋게 나오긴 한 모양인데 정치라는 건 말이지······."

정태수가 잠시 이견을 제시했다.

"이번에 거명되는 여섯 대권주자들 날개는 작습니다. 은 의원님은 그 그늘에 몸을 가리지 못합니다."

"……?"

"삼년부동 불비불명(三年不動 不飛不鳴). 오래 날지 않았으니 일단 날면 높은 하늘에 오를 것이오. 오래 울지 않았으니 한 번 울면 세상 사람들이 모두 놀랄 것입니다. 기다리던 날개가 완성되었습니다. 그러니 웅지를 펴시기 바랍니다. 날개를 펴는 순간 모든 것이 그 품 안으로 들어오게 될 것입니다. 보름쯤 후, 그 기회가 올 것입니다. 날개를 자극하는 기회……."

길모는 은덕기를 향해 아주 정중한 묵례를 올렸다. 오래, 오래……. 바로 새로이 대권을 잡을 대통령에게 보내는 축복이자 예의였다.

"우리 은 의원이 대권주자가 된단 말인가?"

주목하던 정태수가 사색이 되어 물었다. 길모는 말하지 않았다. 그저 묵례로 답할 뿐이었다.

"과분하군요. 아무튼 그런 관상이라니 말이라도 기분은 좋습니다만."

은덕기는 담담하게 받아들였다. 과연 그릇도 대권을 넘볼 만큼 큰 배포였다.

"다만……."

다시 길모의 입이 열렸다. 아들 때문이었다. 은덕기의 나이는 올해 48세. 그에게는 만 20세의 아들이 있었다.

"아드님이 한 분 계시지요?"

길모가 은덕기에게 물었다.

"그래요."

"아드님 때문에 생각이 많으시군요."

"……?"

"군대는 어떻게든 보내시기 바랍니다."

"……!"

길모의 한마디에 느긋하던 은덕기가 굳어버렸다.

아들의 군대, 그건 아무도 모르는 은덕기의 고민이었다. 그의 아들은 지금 요추 4—5번 추간판 탈출증, 즉 디스크를 앓고 있다. 그런데 상황이 애매모호했다. 아들은 수술과 비수술 치료의 중간에 걸쳐 있다. 따라서 일부 시술을 택했다.

애당초 3급을 받았던 처분. 그러나 일상생활에서도 더러 통증이 수반되는 상황이라 재검을 청구해 놓았다. 그런 차에 시술을 하고 병사용진단서 발급 지정병원 원장을 구워삶았으니 국회의원의 파워로 봐서 4급 공익으로 빼는 건 누워 떡먹기인 일.

3급 현역, 4급 공익!

은덕기는 후자를 목표로 작업을 하고 있었다. 당장은 귀한 아들이 우선. 그 결정도 이 달 안에 이루어질 일이었다.

그런데 난생 처음 보는 길모가 그걸 짚고 나왔다. 그것도 보지 않은 아들. 입도 벙긋하지 않은 군대 문제를. 그러니 놀라지 않을 수 없는 일이었다.

"홍 부장님……."

"주제넘은 참견이라면 죄송합니다. 저는 단지 은 의원님의 미래를 생각해서……."

"내 미래요?"

"가까운 날에 좋은 날이 올 겁니다."

"참고하지요. 아무튼 진짜 전율이 돋도록 용하시군요."

은덕기는 고개를 끄덕거렸다. 결론을 내리는 건 그의 몫이겠지만 기분은 나쁘지 않은 듯한 표정. 그거면 되었다. 그가 진짜 비상할 봉황이라면 천기를 알아듣는 능력도 필요하니까.

"저기 홍 부장, 잠깐 나 좀……."

술자리가 끝나기 전, 은 의원이 화장실에 갔을 때였다. 정태수가 길모를 복도로 끌었다.

"우리 은 의원이 대권주자감이라는 건가?"

정태수는 다시 한 번 확인이 필요한 눈치였다.

"……."

"홍 부장!"

"예!"

"이제 2선 의원인데?"

"선이 중요하면 다선 의원 순으로 대권을 잡겠지요."

"하지만 그는 당내 세력이……."

"헛된 권위만 내세우는 위로는 약하지만 아래로는 강합니다. 그 헛된 위가 정 의원님을 밀면 위도 아래도 다 얻게 되는 것이지요."

"지금… 이 시점에서 말인가?"

"그게 정치 아닌가요? 필요하면 내일이라도 대선주자를 바꿀 수 있는 것!"

"당선된단 말인가?"

"의원님!"

"……."

"제 관상을 의심하십니까?"

"절대로 아니지."

"그럼 다시 묻지 마십시오. 천기를 누설하는 건 한 번으로 족합니다!"

길모의 목소리가 묵직하게 터졌다.

이제는 던져진 주사위. 그렇다면 못을 박을 필요가 있었다.

명쾌하게. 더욱 명쾌하게!

제9장

관상감의 천기누설

　정태수는 세단 앞에서 한동안 길모를 바라보았다. 길모는 마주친 시선을 피하지 않았다. 정태수로서는 사뭇 충격적인 일이 틀림없었다.

　전도양양한 후배 의원. 선배로서 실리나 챙겨주려고 길모에게 데려온 참이었다. 그런데 그가… 그가 대권 파워를 가진 사람이라니? 정태수는 고개를 저으며 차에 올랐다. 그리고 천천히 멀어졌다.

　정태수!

　길모는 그의 차를 바라보고 있었다.

　대권! 처음으로 그 천기를 누설했다.

　이유가 있었다.

　비록 백의종군을 하고 있는 사람이지만 정태수의 인맥은 막

강했다. 한때는 당을 좌지우지하던 사람이 아닌가? 더구나 일부 언론에서는 그 또한 이번 대권주자에 포함시키고 있었다. 따라서 그를 지지하는 사람은 그에게 출마를 권유할 수도 있었다.

어쩌면 그는, 여러 가지를 알고 싶어 길모를 찾아왔을 것이다. 은덕기를 내세우며 자신의 대권운을 알고 싶었을지도 모른다. 말하자면 길모, 그에게 쐐기를 박은 셈이었다.

'당신 말고 옆 사람!'

무지막지하게 김새는 말일 수 있었다. 하지만, 그는 알고 있다. 길모의 관상이 허투루지 않다는 것. 더구나 길모가 은덕기를 밀어서 얻을 실익도 없다는 것. 그렇다면 그는 길모의 말을 의심할 여지가 없었다.

정태수는 움직일 것이다. 그도 촉이 있는 정치인. 더구나 정치권은 정태수를 무시할 처지가 아니었다. 그런 그가 신앙처럼 믿고 있는 길모의 관상. 그 관상이 누설한 대권 천기… 길모로서는 은덕기에게 든든한 발판을 놓아준 셈이었다.

"느낀 거 없어?"

일부러 불러내 배웅 길에 인사를 시킨 혜수. 그녀에게 길모가 물었다.

"새로 오신 분 말이군요?"

"응!"

"위맹지상이 서린 듯한 청수지상… 고매한 분이네요."

혜수는 은덕기의 상을 제대로 간파하고 있었다.

"그냥 잘라서 말해봐."

"왕… 그러니까 대권상요."

"맞았어."

길모의 상은 아직도 도로 쪽에 꽂혀 있었다.

"저분들… 그걸 확인하러 오신 건가요?"

"아니, 내가 확인해 주었어."

"오빠……."

놀란 혜수가 고개를 들었다. 대권상을 보는 건 늘 경계하던 길모. 혜수도 그걸 잘 알고 있었기 때문이었다.

"미안… 운명이 내 앞에 숙명을 던져 놓으니 피하기 어려웠어."

"……."

"그리고 다른 후보들보다는 월등하게 상이 좋았고. 우리도 국민의 존경을 받는 대통령 한 번 뽑아봐야지……."

"가능하겠어요? 아직 정치적 기반이 약할 텐데……."

"기세가 굉장해. 대선이 좀 남았으니까… 분위기를 만드는 데는 그리 짧은 시간도 아니야. 그런 걸 극복하고 대통령이 되신 분도 있었고……."

"오빠……."

"상유이말(相濡以沫). 저분의 키워드야."

"상유이말이면, 물고기들이 침으로 서로를 적셔준다는?"

"그래. 주변 사람들이 하나둘 힘을 모아주는 것… 샘물이 마르면 물고기들이 침으로 서로를 적시며 희망을 이어 나갔다지? 가능할 거야."

"……."

"내가 경솔했나?"

"아뇨. 잘했어요."

혜수의 따뜻한 격려가 건너왔다. 그녀는 오늘도 길모의 결정을 존중해 주었다.

"혜수!"

"네?"

"어쩌면 나, 당분간 카날리아를 떠나 있어야 할지도 모르겠어."

"오빠……."

"그동안 카날리아, 잘 이끌 수 있지?"

"멀리 가요?"

"아니, 하지만 이렇게 전격적으로 일을 벌였으니 내가 여기 있으면 오히려 영업에 방해가 될 거야. 실은……."

길모는 공재도의 일과 저녁부터 몰려든 정치권의 예약 문의를 전해주었다. 이제는 숨긴다고 될 일이 아니니 대비가 필요했다.

"오빠……."

"그렇다고 걱정할 필요는 없어. 카날리아를 잠시 쉬겠다는 거지 혜수를 안 본다는 게 아니니까."

"편한 대로 하세요. 난 늘 오빠 편이니까."

혜수가 길모에게 기대왔다. 계단 앞에서 두 사람을 바라보던 윤표는 슬쩍 시선을 돌렸다. 윤표가 바라본 하늘 위에도 두 개의 별들이 가까이 붙어 반짝이고 있었다.

계단을 내려서자 복도 끝에 선 승아가 보였다. 그녀는 핸드폰을 만지고 있었다.

"뭐해?"

[어머!]

놀란 승아가 허둥지둥 핸드폰을 감췄다.

"애인 생겼어?"

[애인은요…….]

"흐음. 얼굴도 빨개지고… 수상한데?"

[부장님은…….]

승아의 얼굴은 점점 더 빨갛게 변해갔다.

"오래 사귈 거면 사진 가지고 와. 관상 봐줄게."

[알았어요.]

승아는 부정하지 않았다.

'흐음. 누구지? 손님 중에 승아에게 추파를 던질 만한 사람…
혹은 승아 마음이 꽂힐 만한 사람…….'

길모는 즐거운 마음으로 손님을 더듬어 나갔다. 기왕이면 유
부남만 아니기를 바랐다. 지갑이 넉넉한 바람둥이들이라면 한
때의 욕망을 위해 도구로 쓸 게 뻔하므로.

그때 2번 룸이 열리며 손님과 아가씨들이 나왔다. 아가씨들
중에 유나가 보였다. 붙임성 좋은 유나는 밝은 표정으로 손님
한 명의 팔짱을 끼고 배웅을 나갔다.

별실 룸으로 돌아온 길모는 통장을 보았다.

실탄은 넉넉히 쌓였다. 매상은 날로 늘었고 업주로서 받는 박
스들의 배당금 역시 쉴 새 없이 불어갔다. 거기에 더해지는 서
부장의 2호 카날리아점 배당…….

이제는 건물도 길모의 것이 된 마당. 쌓이는 대로 재산이 될

판이었다.

길모는 수많은 명함 중에서 두 장을 골랐다. 하나는 유흥업소 전문 부동산중개업자였고, 또 하나는 공재도 부장이었다. 길모는 차례로 번호를 눌렀다.

깊게 고민한 틈도 없이 느닷없이 벌어진 상황.

그러나 관상이 변하듯 일상도 언젠가는 변해야 할 일. 길모는 매사를 즐겁게 받아들였다. 진상 처리 웨이터에 비하면 이 모든 게 천국이었다.

천국……

길모는 천국 너머에서 들려오는 공 부장의 목소리를 들었다.

—여보세요!

프레스센터는 조용했다. 그러나 그 여느 때보다 긴장감이 감돌았다. 입구와 복도에는 경호원들까지 배치되었다. 그럼에도 불구하고 오가는 사람은 많지 않았다.

프레스센터!

상징적인 곳이었다.

대선후보나 기타 유력 인사들이 자신의 신념이나 대권 출사표를 던지기도 하던 곳. 그 단상 위를 가로지르는 현수막. 그 글자들이 속도감 있게 뻗어나갔다.

신묘막측 이 시대의 관상대가, 대권천기를 누설하다!

대권천기!

네 글자는 붉은색이었다.

공재도는 건물 앞에 포진하고 있었다. 그 옆에는 다른 신문사의 국장이 둘이나 버티고 서 있다. 현직 대통령이 오는 것보다도 더 치밀한 보안과 경호를 펼치는 이들의 표정은 사뭇 굳어 있었다.

이 자리에 초대받은 사람은 딱 22명. 방송사 보도국장과 일간지, 그중에서도 발행부수 랭킹 10위 이내의 대형신문사들, 나머지는 인터넷 포털사이트와 인터넷 방송, 인터넷 신문 등의 발행인들이었다.

주동은 공재도였다. 그는 길모의 전화를 받자마자 소리 없이 움직였다. 그와 뜻을 같이하던 신문사 데스크 급들이 뒷받침되었다.

한낮 미신으로 치부될 수 있는 관상이었지만 길모의 경우에는 달랐다. 공재도의 멤버들은 사회 저명인사를 상대로 길모의 적중력을 검증했다.

그중에는 한국의 경제를 좌지우지하는 대기업 총수가 셋이나 포함되었고 기타 천문학적 자금을 굴리는 금융업자들이 다수 포진하고 있었다.

이들을 취재한 결과 멤버들은 경악 그 이상의 충격을 받고 말았다. 그들에게 들은 말은 완전한 일치였다.

신묘막측, 단군 이래 최고의 관상가!

운명의 날줄과 씨줄을 동시에 꿰는 천리안.

단 한 명의 예외도 없었다.

거기다 공재도까지 길모의 관상 신봉자. 그들은 주저할 이유가 없었다.

그렇기에 공재도를 앞세워 길모의 설득에 나섰던 그들. 그런 길모가 대권상을 발표한다니 발을 벗고 나선 참이었다.

"안 오시는 거 아닌가?"

나이 지긋한 국장 하나가 공재도를 채근했다.

"올 겁니다."

공재도는 조바심을 내지 않았다. 그는 길모를 믿었다. 말을 꺼내지 않았으면 모를까 약속을 한 이상 지킬 길모였다.

그때, 길모는 혜수의 집에 있었다.

흰 옷을 갖춰 입은 길모는 거울을 바라보았다.

"나 괜찮아?"

길모가 거울 속의 혜수에게 물었다.

"멋져요."

혜수가 엄지를 세워 보였다.

"하긴 텔레비전에 나올 것도 아닌데……"

길모가 돌아서며 웃었다. 견해는 밝히되 방송은 사양한다. 그게 길모의 유일한 옵션이었다.

띠링!

순간, 혜수의 전화기가 울었다. 윤표에게 문자가 들어온 것이다. 길모는 이미 전화기를 꺼버린 상태였다.

"다녀올게."

"가게 걱정은 말아요."

"전혀 걱정 안 해. 혜수가 있으니까."

"승아하고 유나는 어떡해요?"

혜수가 물었다.

"내 얼굴에 쓰여 있어?"

"아뇨. 걔들 얼굴에 쓰여 있어요."

"그럼 상에 보이는 대로 말해. 어차피 숨길 일도 아니니까."

"오빠……."

길모는 혜수의 이마에 키스를 날렸다. 그리고 문을 향해 담담하게 돌아섰다. 윤표는 캐딜락의 문을 열고 서 있었다. 그도 흰옷으로 갖춰 입었다. 길모의 주문이었다.

"좋은데?"

길모가 말하자,

"진짜요?"

하고 윤표가 되물었다.

"가자. 딱 이 정도 늦으면 좋은 시간이다."

길모가 뒷좌석에 올랐다.

탁!

문이 닫히면서 윤표가 운전석으로 뛰었다. 그리고 힘찬 시동 소리가 들렸다.

부릉!

시동! 시동이었다.

길모에게도 2막을 여는 시동. 그동안 숨 막히게 달려온 관상 여정. 앞으로 앞으로만 진격한 길모. 이제는 관상의 대상에 대해서도 생각을 해볼 시간이었다.

"가자!"

길모의 명령이 떨어지자 윤표는 힘차게 페달을 밟았다.

저벅!

길모가 공재도와 함께 프레스센터 기자회견실에 들어섰다. 안에서 숨을 죽이던 44개의 눈동자가 길모에게 쏠려왔다.

끼이, 탁!

문 닫기는 소리가 들렸다. 그 여느 때보다 묵직하고 비밀스러운 소리였다.

"나가신 분 없습니까?"

공재도가 좌중을 보며 물었다.

"......"

"그럼 바로 시작하겠습니다."

꿀꺽!

대답대신 침 넘기는 소리가 들려왔다.

"우리 시대의 관상대가 홍길모 선생이십니다."

공재도가 길모를 가리켰다. 좌중은 박수를 치지 않았다. 대신 거푸 침을 넘겼을 뿐이었다.

아직 채 불혹의 나이도 되지 않은 길모. 그가 하얀 옷차림으로 좌중을 바라보았다. 머릿수는 고작 스물두 명. 그러나 누구보다 한국 사회에 미치는 영향력이 지대한 사람들. 이들의 입이라면 거칠 게 없었다. 그야말로 발 없는 천리마. 길모가 벙긋하면 바로 정치권은 물론 청와대까지 직격할 수 있는 입지의 신뢰도를 가진 사람들이었다.

꾸벅!

길모는 선 자리에서 가벼운 묵례를 올렸다.

꿀꺽!

다시 침 넘어가는 소리가 들렸다. 스물두 사람의 눈동자와 길모의 눈동자가 허공에서 만났다. 다들 길모의 입이 열리기만을 학수고대하는 모습이었다. 길모는 단상의 끝에 선, 주최자이자 진행을 겸한 공재도를 바라보았다. 그는 망부석처럼 서 있다. 이제는 그도 길모의 처분만을 바라는 얼굴이었다.

"현재 거론되는 대권후보들 전부의 상을 보았습니다."

마침내 길모의 입이 열렸다. 그와 동시에 참석자들의 숨소리도 다양하게 터져 나왔다.

"언론사에서 한결같이 꼽는 여섯 후보와 기타 출마 가능성을 가진 아홉 후보군을 합쳐 열다섯 명……."

"큼!"

너무 긴장한 건지 앞 쪽의 보도국장이 마른기침을 뱉었다.

"죄송합니다."

그의 말꼬리가 여운이 되어 사라졌을 때 길모가 다시 말을 이어갔다.

"그 열다섯 명……."

길모가 열다섯의 사진을 들어올렸다. 그런 다음, 가만히 손을 놓았다. 열다섯 후보들은 추풍낙엽처럼 단상과 그 아래로 떨어졌다.

"몽외지사(夢外之事)!"

"……!"

몽외지사, 뜻밖의 일이라는 사자성어.

길모의 한마디는 프레스센터를 흔들고도 남았다.

길모는 들었다. 배석한 22명의 언론인들 뇌리에 지진이 나는 소리를. 저마다 열다섯 중의 누구 하나를 심중에 두었던 언론 리더들. 그들은 휘청거리는 정신줄을 바로 잡느라 어쩔 줄을 몰랐다.

길모의 말은 긴 메아리를 이루며 언론 리더들의 직격했다. 그들 뇌리 속에서 강하게, 그러면서 견딜 수 없도록 회오리를 이루는 표정이 느껴졌다.

"그렇다면 그게 누구란 말입니까?"

K 방송국 국장이 처음으로 입을 열었다.

"여당입니까? 야당입니까? 아니면 제3의 인물입니까?"

이어서 S 방송국 보도국장…….

길모는 단아한 시선으로 그들을 바라보았다. 다시 눈동자들은 길모에게 쏠렸다, 다들 목이 타는 얼굴. 길모는 숨을 고른 후에 말을 이어갔다.

"제3당입니다!"

제3당!

우 하는 탄식이 기자회견실을 채웠다. 여당도 아니다, 야당도 아니다. 그러나 지금, 그들에 대적할 만한 3당은 없었다. 그러니 그게 가능하단 말인가?

"정확히 2주일 후에 이 나라 정치역사를 바꾸는 사건이 터질 겁니다. 그리고 그 2주일 후에 정치권에는 일대 변혁이 일어나 구태에 물은 정치인들이 완전히 설 자리를 잃고 변화와 개혁을 주창하는 신진 정치인들이 국민의 지지를 받으며 들풀처럼 일어섭니다."

"……."

"새 대권은 그들 리더에게 돌아갑니다."

길모는 그 말을 끝으로 입을 닫았다.

"이봐요. 이름은? 이름은 무엇입니까?"

"현직 의원입니까?"

"지금 현재 여당 소속입니까? 야당 소속입니까?"

몇 가지 질문이 길모의 발목을 잡고 늘어졌다. 일부는 자리에서 일어나 길모를 쫓아오기까지 했다. 하지만 그들은 문을 열고 들어온 공재도 멤버들에게 제지당했다. 그사이에 길모는 로비로 나왔다.

"형."

대기 중이던 윤표가 다가왔다.

"차는?"

"언제든 하명만 하시면……."

윤표가 웃었다.

"가자!"

길모는 올 때와 같은 말을 할 뿐이었다.

부릉!

시동이 걸리는 동안 공재도가 뛰어나왔다.

"홍 부장님!"

뒷좌석의 길모가 창문을 내렸다.

"고맙습니다!"

공재도가 소리쳤다. 길모는 그 손에 사진 한 장을 쥐어주었다. 길모의 차는 그렇게 멀어졌다. 그제야 공재도는 손에 쥐어진 사진을 보았다. 사진의 주인공은 은 의원이었다. 길모, 회견장을 마련해 준 대가로 그에게 먼저 천기를 누설한 것이다.

'고맙습니다. 홍 부장님!

공재도는 길모의 차가 눈에서 멀어진 후에도 계속 중얼거렸다. 조국의 미래를 걱정해 준 사람. 그렇기에 삶이 번잡해질 것을 알면서도 기꺼이 응해준 길모. 공재도는 그가 진정한 도사처럼 보였다. 신의 뜻을 전하는 구국의 사자처럼 보였다.

정녕!

다음으로 길모가 만난 건 유나였다. 유나는 중국어 회화를 배우다 길모의 호출을 받았다.

"오빠, 웬일로?"

그래도 짜증 한 번 내지 않는 명랑한 유나…….

"웬일은… 데이트 좀 하려고 그러지."

길모는 대수롭지 않은 듯 대답했다.

"흥, 혜수 언니한테 누구 머리채 뽑히는 거 보려고 그래?"

유나가 대답했다.

"너 아냐?"

"오빠, 누굴 바보로 알아? 나 이래 봬도 오빠 넘보던 사람이야? 오빠 머리에 흰 머리카락이 몇 개인 것까지 다 안다고."

"쌩구라!"

"쳇, 그만큼 관심이 많다는 말이잖아?"

"유나야!"

아이스티가 나오자 그걸 한 모금 문 길모가 고개를 들었다.

"왜?"

"너 좋아하는 사람 있지?"

"어머!"

유나가 화들짝 놀랐다. 다른 건 몰라도 그건, 길모 앞에서 숨길 수 없는 일. 유나도 그걸 잘 알고 있었다.

"있긴 한데… 아직 진도가 별로 안 나가서 말 안 했어……."

"누군지만 말해봐. 내가 아는 사람이냐?"

"손님이긴 한데 오빠가 알지는 못할 거야. 가게는 한 번밖에 안 왔거든."

유나의 목소리가 기어들어 가기 시작했다. 제대로 사랑에 빠졌다는 신호였다.

"그런데 네가 뽕 갔어?"

"치이, 나도 텐프로를 내 집처럼 드나드는 사람은 싫거든요."

"사진 있냐?"

"여기……."

유나는 순순히 폰 화면을 내밀었다.

확실히 눈에 익은 손님은 아니었다. 아마 다른 손님들 틈에 끼어온 손님인지도 몰랐다. 그래도 관상은 좋았다. 나이가 유나보다 조금 많아 보이는 게 흠이었지만 간문이 맑아 바람이나 피워댈 상은 아니었다.

단 하나의 흠은 이미 결혼을 한 적이 있는 유부남…….

"결혼 한 번 했는데 와이프가 돌연사로 죽었어. 애는 없고… 그래서 여자들에게 별관심이 없었는데 내 미소에 끌렸다나 뭐라나……."

"너는?"

길모, 단 한마디로 물었다.

"나야 좋지 뭐… 나한테 잘해주니까……."

대답하는 목소리가 얌전하다.

"네가 텐프로 계속 나와도 좋대?"

"그건 아니고… 몇 번 만났는데 슬슬 그런 말 해. 가게 그만두면 안 되냐고……."

"그럼 그만둬."

"오빠!"

놀란 유나가 파뜩 고개를 들었다.

"따라와라."

길모는 그 말을 남기고 일어섰다. 영문을 모르는 유나는 불안한 표정으로 길모의 뒤를 따랐다. 유나를 태운 차는 홍대에 다다라서야 멈췄다. 길모는 퓨전 카페로 들어섰다. 작은 클럽을 겸한 카페는 남미풍으로 꾸며져 이국적인 느낌이 들었다.

"여기 어떠냐?"

창가 테이블에 자리를 잡은 길모가 물었다.

"뭐가?"

"분위기."

"뭐야? 남자 관상 봐준다더니 갑자기 이런 데로 와서는… 오빠, 어디 아파?"

"전혀!"

"그런데 왜 그래? 꼭 다른 사람처럼. 뭐 분위기는 괜찮은데

사람이 왜 이렇게 없어?'

가게를 살펴본 유나가 말했다.

"여기 사장님이 암에 걸려서 6개월째 투병 중이거든."

"아, 어쩐지… 그럼 그렇지."

"처음에는 금방 나아서 나올 욕심이었는데 잘 안되나 봐. 그러다 보니 가게도 엉망이고……."

"원래 이 바닥이 그렇잖아? 이만한 규모에서 사장이 안 나오는데 잘될 턱이 있어?"

유흥가 바닥을 빤히 아는 유나가 바로 분석을 내놓았다.

"어때?"

"또 뭐가?"

"너 이 가게 맡아라."

"……?"

느닷없는 제의에 유나의 눈이 휘둥그레졌다.

"오빠……."

"자신 있어, 없어?"

"오빠… 지금……."

"내가 전에 약속했잖냐? 우리 사단 멤버들 반드시 독립시켜준다고. 그 약속 지키려는 거야."

"오빠, 지금 제정신?"

유나는 길모 눈에다 대고 손가락을 뱅뱅 돌려보았다.

"나 멀쩡하거든."

길모는 유나의 손가락을 잡아 세웠다.

"네가 귀인을 만날 건 관상으로 알고 있었어. 하지만 귀인의 사랑을 오래 받으려면 떳떳한 일이 필요해. 여긴 룸싸롱식 술집도 아니니까 그 사람 설득할 수 있을 거야."

"오빠……."

"공짜로 주는 건 아니야. 보증금은 내가 대주지만 가게 세는 네가 물어야 해. 관상을 추가하려면 로열티도 내야 하고."

"오빠……."

"할 수 있어? 없어?"

"으아악, 오빠!"

유나는 비명을 지르며 길모를 껴안았다. 그녀의 얼굴은 그새 눈물투성이였다. 어쩌면 지금쯤 즉빵집에서 닳고 닳아 껌이나 짝짝 씹어대며 싸구려 작부가 되었을 유나. 그 수렁에서 구해준 것만 해도 고마운 길모였다. 더구나 카날리아의 에이스급으로 키워 그동안 모은 저축액만 해도 남부럽지 않은 유나. 그런데… 그런데 이런 배려까지…….

"오빠……! 나 이거 꿈 아니지? 그렇지?"

유나의 눈에서는 홍수가 나고 있었다. 길모는 그녀를 진정시키며 뒷말을 이었다.

"다시 태어난 마음으로 정신 똑바로 차리고 일해. 안 그러면 바로 회수야!"

"알았어. 나 목숨 걸고 할게. 이 생명 마르고 닳도록 목숨 걸고 이 가게 키워볼게."

"고맙다."

"뭐가?"

"그동안 부족한 나를 믿고 잘 따라줘서……."

"오빠… 그건 내가 할 말이야."

"독립하더라도 사단 애들하고 유대 잘 유지하고. 특히 승아하고 혜수, 홍연이……."

"걱정 마. 나 우리 엄마 아빠보다 우리 사단 더 좋아해."

"그럼 뚝!"

"헤헷, 이렇게?"

유나가 토끼 눈처럼 빨갛게 변한 눈으로 웃었다. 웃음 속에 눈물을 뚝뚝 머금고서. 길모, 짐 하나를 더는 순간이었다.

*   *   *

나흘, 그것으로 족했다.

발 없는 말은 천 리가 아니라 만 리를 갔다. 공재도를 필두로 솔솔 피어나온 뉴리더론. 그것은 금세 젊은 지도자론으로 바뀌더니 40대 대세론이 고개를 들었다.

정치권은 아비규환을 이루었다. 계파별로 회동이 잦더니 여기저기서 삐걱거리는 이권 다툼 소리가 들려왔다.

뉴리더가 누구냐?

뉴리더는 이미 정해져 있다.

거기서 언론이 슬슬 얼개를 그려주기 시작했다. 다행스러운 건 관상이 아니라 시대적 요청, 전 세계적인 흐름이라는 분위기를 먼저 깔았다.

그러나 아는 사람은 알았다. 그 뉴리더론의 근원지가 어디인지. 그 천기를 누설한 사람이 누구인지…….

마침내 카날리아가 몸살을 앓기 시작했다. 길모의 전화가 꺼지자 사람들은 직접 가게로 행차했다. 권력자부터 재력가, 심지어는 사채업자부터 어깨들까지도 그 대열에 합류했다.

그걸 막는 건 윤표의 몫이었다. 이미 길모로부터 엄명을 받은 그는 동생 장표를 시켜 인맥을 죄다 동원했다. 한때는 도로의 무법자였던 폭주족들. 그들도 뭉치니 가게 수호쯤은 그리 어렵지 않았다.

하지만 한계가 있었다.

느닷없이 몰려든 불청객들을 막다 보니 손님들 발길이 끊겼다. 그도 그럴 것이 22인 언론인에 들지 못한 신문방송사에서 대거 기자들을 투입한 마당이었다. 그것만으로도 모자라 24시간 실시간 중계를 하는 곳도 있었다. 그러니 고급 술집에 드나드는 손님들 마음이 편할 리 없었다.

결국 한 달간 임시 휴업을 결정했다. 사우디아라비아 왕자의 방문 이후의 후폭풍과도 댈 것이 아니었다. 그때가 해일이라면 이건 완전 전격 쓰나미였다.

가게 문을 닫은 지 일주일이 지나자 기자들이 철수했다. 가게 안의 전화벨 소리도 잦아들었다는 보고가 왔다. 긴 광풍 끝에 카날리아에 내린 고요였다.

그 시간 길모는 승아를 불러냈다. 뜻하지 않은 긴 휴가지만 모처럼의 한갓진 시간, 승아는 캄보디아 방문을 마치고 돌아온 직후였다.

"부모님 잘 계시고?"

길모가 물었다.

[네…….]

"동생들은?"

[부장님 덕분에요. 다들 고맙다는 말을 전해달래요.]

승아는 수화를 그릴 때마다 맑게 웃었다. 이제 그 미소 속에
아픔은 엿보이지 않았다. 그녀의 자신감과 긍정이 얼굴에 매달
려 있던 구질구질함과 애달픔을 밀어낸 것이다.

"더 있다 오지 않고? 휴가는 많이 남았는데……."

[장호가 궁금해서…….]

승아, 그 수화만은 아주 힘차게 그려댔다.

'아차!'

길모가 흠칫거렸다. 대사건을 터뜨린 부담 때문인지 그걸 잊
고 있었다. 서둘러 날짜를 짚어보니 오늘이 수술일. 장호의 수
술이 끝날 즈음이었다.

"잠깐만!"

바로 전화를 꺼내 들었다. 승아의 시선이 애잔하게 따라왔다.

"여보세요!"

길모의 말이 태평양을 건너갔다. 전화를 받는 사람은 노은철
이었다.

"오늘이 수술하는 날 아니야?"

길모가 물었다. 그러면서도 한편으로 초조했다. 은철에게서
나올 대답은 둘 중 하나.

성공!

실패!

길모가 바라는 건 단연 전자지만 성공률이 낮은 수술이었으

니 우려가 되는 건 어쩔 수 없었다.

　―아직 집도 중이야. 수술 예정 시간을 넘겼어.

　은철의 목소리는 신중했다. 길모는 별수 없이 전화를 끊었다.

　[안 좋대요?]

　승아가 물었다.

　"아니… 수술이 길어지고 있나 봐."

　[하느님…….]

　승아가 가녀린 두 손을 모았다.

　"그건 그렇고……."

　길모가 주위를 환기시켰다. 오늘 승아를 만난 목적이 있었던 것이다.

　외부와의 연락을 끊은 길모는 승아를 위한 가게를 알아보고 있었다. 그런데 마땅치 않았다. 승아가 말을 하지 못하기 때문이었다. 그렇다면 주인 노릇을 하는 데 애로가 있을 수 있었다. 더구나 나이로도 아직 어린 승아가 아닌가?

　'본인과 상의.'

　길모가 내린 결론은 그것이었다. 약속을 지키는 것도 좋지만 상황을 고려해야 했기 때문이었다.

　오늘 승아를 해결하면 남는 건 장호였다. 장호는 원래 대인관계를 적극적으로 하기 어려운 관상. 하지만 말을 하게 되면 그건 바뀔 수도 있었다. 게다가 지금 길모와 함께 사니 승아가 우선이라고 생각한 길모였다.

　"너 뭐 하고 싶은 거 없어?"

　[뭐요?]

"가게나 숍 같은 거⋯⋯."

[가게나 숍이요?]

승아가 눈동자를 깜박거렸다. 아직 유나의 개업 준비를 모르는 승아. 그렇기에 길모의 의도를 상상도 못 하는 승아였다.

[나는 그런 거 할 능력이 없잖아요?]

승아가 수화를 그렸다. 얼굴은 웃고 있지만 슬픔이 배어나왔다. 길모의 가슴에 한숨이 차오를 때 전화기가 울렸다.

"노 변?"

길모는 얼른 전화를 받았다.

—엉!

그런데, 전화기에서 이상한 소리가 흘러나왔다.

"응?"

—어엉!

두 번째도 역시 이상한 소리였다.

"노 변? 노 변? 무슨 일 있어?"

길모가 다시 물었다. 그러자 이번에는 조금 나아진 목소리가 새어 나왔다.

—허엉!

"⋯⋯?"

길모, 그제야 감이 왔다. 이건 노은철의 목소리가 아니었다. 그렇다면?

"장호? 장호 너냐?"

길모는 자신도 모르게 버럭 소리쳤다. 그 말에 놀란 승아는 주먹을 그러쥐고 벌떡 일어섰다.

―홍 부장!

이어지는 은철의 목소리…….

―장호 수술 성공이야. 수술이 성공하면 세상의 첫마디로 홍 부장을 부르고 싶다고 해서 말이야. 들었지? 목소리가 안정되려면 조금 시간이 걸리니까 이제 마음 놓고 기다리도록!

"노 변……."

―축하해!

은철의 목소리가 달콤하게 바다를 건너왔다.

"으아아, 장호 이 자식!"

흥분한 길모는 뼈가 부러질 정도로 경련을 일으켰다.

[부장님…….]

"그래. 성공이란다. 장호 이 자식… 이제 말할 수 있대."

[부장님!]

승아의 눈에서 눈물이 떨어지기 시작했다. 아니, 그건 차라리 열린 수도꼭지였다.

"으아아, 장호, 이 자식… 으아아!"

길모 역시 기쁨을 참지 못하고 방방 뛰었다.

장호가 성공을 했다. 목소리를 찾았다.

게다가…….

'혀엉!'

난생 처음 하는 말을 길모에게 바쳤다. 그러니 어찌 흥분하지 않을 것인가? 어찌 감격하지 않을 것인가?

길모는 울었다. 누가 보든 말든 상관없었다. 이 순간만은 세상을 얻은 듯이 기뻤다. 장호가 소리를 얻은 것이다.

소리, 그건 길모가 관상 기적을 품은 것에 비견되는 대사건. 장호에게는 그게 바로 신세계이자 무한대의 희망이었다.

대박, 대박!

길모는 미친 듯이 같은 말을 중얼거렸다.

*   *   *

일대 혼란!

대쓰나미!

정치권에 어마어마한 광풍이 몰아닥쳤다.

40대 대세론! 그건 기존 정치판을 좌우하던 원로들로서는 받아들일 수 없는 항명이었다. 그들 입장에서는 왕권을 반대하는 역적질에 다름 아니었다. 그들은 분주하게 움직였다. 한편으로는 무시를, 또 한편으로는 진원지를 찾느라 혈안이 되어…….

그러다 보니 자연스럽게 만만한 소장 개혁파 신진의원들을 닦아세웠다.

누구냐? 어떤 대가리에 피도 안 마른 놈이 감히!

이 당이 누가 세운 당인데?

계파의 늙은 수장들, 시대의 사명과 요청을 좇지 못하고 오직 그들의 영달에만 혈안이 된 그들과 그들의 똥구멍을 빨며 권세를 누리던 정치인들은 신념이 다른 신진인사들을 몰아세웠다.

그게 도화선이었다. 한편으로는 40대 기수론을 여의도 찌라시쯤으로 받아들이던 신진 의원들은 추악한 퇴물들의 권력욕에 몸서리를 치게 되었다.

"배울 것도 기대할 것도 없는 노욕에 나라와 당의 미래를 맡길 수 없다."

마침내 신진인사들이 자발적으로 움직이기 시작했다. 여야의 다름이 없었다. 그들은 완전한 백지 상태에서 새로운 정치 이념을 추구하기 시작했다.

국회의원의 각종 특권을 다 내려놓고 오직 국민만을 위한 국회의원. 그 발안의 중심에 은덕기가 나섰다. 아니, 나선 게 아니라 추대였다. 평소 그의 인품에 반한 신진 의원들은 그를 중심으로 똘똘 뭉치기 시작했다.

청년구국당!

물밑에서 당명과 당 규약 등을 정한 청년당은 길모가 말한 그 2주 후, 딱 그때에 맞춰 대국민선언을 발표했다. 당대표는 은덕기, 고문에는 그나마 원만한 정치인의 길을 걸어온 원로 셋을 추려 배석시킨 신진 의원들은 은덕기와 함께 조국의 미래를 여는 새정치의 각오를 밝혔다.

"우리는 뼈를 깎는 반성으로 과거 누려왔던 국회의원의 모든 특권을 내려놓고 오직 국민만을 위한 종복으로서의 길을 가기로 합니다. 불체포 특권의 포기를 시작으로 의원정수 30% 감축, 세비 절반 감액, 각종 특권연금의 일반화, 의원 보좌관 절반 감원, 국민과 함께 국민의 곁에서 의정 활동을 수행하는 국민대표 본연의 사명을 생활화하기로 합니다. 우리는 목숨으로 국민 앞에 천명하오니 이 통렬한 반성과 자성을 기꺼이 받아주시기를 바랍니다!"

여야에서 뜻을 같이한 신진의원 89명은 여의도 의사당 앞에서 전원 삭발에 이어 석고대죄 큰 절을 올렸다.

이때부터 은덕기가 무섭게 부각되기 시작했다. 그 이면에는 물론 공재도와 그의 멤버들이 있었다. 그들은 청년구국당을 지지하는 한편, 그들 내부의 모순된 점이 있으면 신랄하게 부각시키면서 빛과 그림자를 가감 없이 투영해 국민의 당으로 거듭나는 것을 도왔다.

은덕기가 부각되자 여섯 대권후보는 빛이 바래기 시작했다. 한국 정치사에 없었던 일대 변혁, 그들의 늙은 노욕으로는 그 대세를 쫓아가기에 무리였다.

은덕기 대권후보 급부상!

은덕기 78%로 압도적 지지율 장악!

언론은 이 신드롬을 중계하기에 바빴다. 은덕기의 일화가 소개되고 그의 소탈함이 특집화되면서 그는 친근한 국민대통령감으로 이미지가 정착되었다. 이합집산에 당리당략이나 추구하던 기존의 선거판 후보와는 완전한 차별화. 저 다른 나라의 존경받는 대통령감이 마침내 한국에 등장한 것이다.

신드롬은 세대 구분이 없었다. 특별한 복지 공약이 없어도 노인 세대들 지지를 받았고, 숫자에만 연연하는 일자리 창출이 없어도 청년층들의 성원을 받았다. 소위 말로만 중산층 대우를 받던 중간층도 열광했다. 은덕기는 눈 가리고 아웅 하는 중세가 아니라 세대 간의 양보를 내세워 그저 쓰고 보자는 현정부에 일침을 가했다.

"은덕기! 은덕기!"

공항으로 가는 길, 길모는 광화문에서 청년 행렬을 만났다.

그들은 과거처럼 정당에서 알바로 내세운 학생들이 아니었다. 누군가 은덕기를 연호하자 주변이 동참했고, 그 행렬이 늘어났다. 그들은 청와대 쪽을 향해 은덕기를 연호했다. 지금 현재 저 집을 차지하고 있는 주인에게 통렬한 반성을 요구하는 것이다.

"더 볼래요?"

캐딜락의 운전석에서 윤표가 물었다. 조수석에는 길모, 뒷좌석에는 혜수가 타고 있었다. 그 뒤차에는 홍연과 승아, 유나가 보였다.

"가자."

길모는 고개를 돌렸다.

"옛썰!"

대답과 함께 캐딜락이 지면을 차고 나갔다. 길모는 메모지를 꺼내 들었다. 윤표가 가게 문에서 떼어온 것이었다.

홍 선생님, 당신을 존경합니다. 공공 멤버 일동!

네임펜으로 정성껏 쓴 글씨는 공재도가 보낸 것이었다. 길모가 전화를 끄고 잠시 잠적하자 가게로 와서 메모를 남긴 모양이었다. 공공은 다 비우고 새로 시작하자는 뜻으로 공재도가 이끄는 부장 멤버들의 모임명이다.

"은덕기가 대통령이 될 모양이에요. 난리잖아요?"

속도를 올리며 윤표가 웃었다.

"너도 찍을 거냐?"

길모가 물었다.

"그럼요. 솔직히 그동안 투표 한 번도 안 했지만 이번에는 찍을 거예요."

"오빠가 대권상이라고 찍어줘서?"

뒤에 있던 혜수가 끼어들었다.

"뭐 그것도 있긴 하지만… 그것보다 사람이 마음에 들어요. 솔직히 그동안 대권후보들 하고는 다른 뭔가가 있어요."

그 말은 들은 길모가 혼자 웃었다.

좋았다.

만약 길모가 대권상으로 찜했기 때문에 찍는 거라면 실망을 할지도 몰랐다. 그렇다면 온 국민에게 설득력을 얻기 어려울 수도 있었기 때문. 하지만 마음이 이끌리는 거라면 은덕기의 신드롬은 오래갈 것 같았다.

"공항이에요!"

윤표의 소리와 함께 멀리 인천공항이 모습을 드러냈다.

"비행기 표!"

길모가 돌아보았다.

"걱정 말아요. 잘 챙기고 있으니까."

"오케이!"

길모가 먼저 내렸다.

공항은 여전히 북적거렸다. 입국장 앞에 서 있기를 얼마, 저만치 걸어 나오는 노은철이 보였다. 둘이었다. 노은철과 그를 수행한 남직원 하나…….

"어, 장호가 안 보여요?"

윤표가 목을 빼며 말했다.

"진짜!"

유나 역시 다급히 고개를 돌렸다. 그래도 장호는 보이지 않았다.

"같이 안 온 건가?"

혼자 중얼거리는 혜수의 목소리가 살짝 무거워졌다.

"홍 부장!"

"노 변!"

길모와 은철이 힘찬 악수를 나누었다.

"장호는?"

길모가 물었다.

"아, 장호 씨……."

"뭐 잘못된 건 아니지?"

"그건 아니고 소품 좀 챙긴다고 하길래 우리가 먼저……."

바로 그때 커다란 선글라스에 모자를 눌러쓴 남자가 불쑥 고개를 들이밀었다. 낯선 모습에 놀란 길모가 주춤 물러섰다.

"형!"

남자가 입을 열었다. 아직은 자연스럽지 않은 목소리였다.

"누구?"

길모가 묻자, 장호는 그제야 선글라스와 모자를 벗어 들었다.

"나예요. 남들 다 하는 공항패션 멋 좀 부렸더니 못 알아보네."

"으아악, 장호야!"

제일 먼저 날아든 건 유나였다.

"이 나쁜 놈, 걱정했잖아?"

그 뒤를 이어 홍연이도 점프를 했다.

"에라, 모르겠다."

윤표와 장표도 그 뒤를 이었다.

"너는?"

혼자 남은 승아를 돌아보는 길모, 승아는 배시시 웃으며 고개
만 떨구었다.

"으아악, 너 진짜 말할 수 있는 거야? 야, 말해봐. 내 이름 말
해봐!"

유나가 장호를 잡고 흔들었다.

"유우나!"

"우와, 대에박! 그럼 나 사랑한다고 말해봐."

"그건 싫어!"

장호가 고개를 저었다.

"뭐가 싫어? 말해봐."

"형……."

장호가 길모를 향해 고개를 돌렸다. 그새 뜨끈뜨끈해진 눈으
로…….

"수고했다."

"혀엉!"

장호, 그에 눈물을 쏟으며 길모에게 달려들었다.

"고마워. 고마워요!"

장호의 눈물이, 장호의 절규가, 길모의 가슴팍에 홍수를 만들
고 있었다. 그 순간만은 아무도 말하지 못했다. 아무도…….

"헤헷, 내 목소리 어때요?"

실컷 울고 난 장호가 길모를 향해 고개를 들었다.

"최고다. 지금까지 내가 들은 목소리 중에 최고야."

"나한테는 형이 최고예요. 내 인생에 최고인 사람……."

"고맙다. 하지만 네 목소리 듣고 싶은 사람 한 명 더 있는 거 알지?"

"예?"

"승아야!"

길모가 승아를 바라보았다.

[네?]

"너 남자 생겼다고 했지?"

[네.]

승아, 수화를 그리며 고개를 끄덕였다.

"아마 사진 가져와서 관상 봐달라고 한다고 했었지?"

[네.]

"지금이 그 순간 아니냐?"

[네.]

승아는 살구빛 볼을 하고 사진을 내밀었다.

"그 친구, 인물 한 번 훤하구나. 둘이 천생연분이다."

"누군데 그래요?"

궁금증이 많은 유나가 그냥 넘어갈 리 없다.

"누굴 거 같냐?"

"혹시 장호?"

유나가 실눈을 뜨며 중얼거렸다.

"아, 우리도 몰라요. 궁금하니까 빨리 공개해요!"

홍연과 윤표가 입을 모아 채근을 했다. 길모는 승아가 준 사진을 그들을 향해 보였다.

"악! 내가 이럴 줄 알았어."

유나가 먼저 비명을 질렀다. 사진의 주인공은 장호였다.

"야, 최장호! 너……."

유나가 돌아보자,

"헤헷, 미안! 저번에 눈치챈 줄 알았다니까."

장호는 승아 앞으로 성큼 다가섰다. 그런 다음 아까 유나 말에 대답하지 않은 단어를 그녀의 귀에 대고 속삭였다.

"사랑해!"

[사랑해!]

그러고는 다시 한 번 친절하게 수화를 그려 강조하는 장호.

[고마워.]

승아, 울먹이며 장호의 품을 파고들었다.

"아, 뭐야? 이제 보니 애인 없는 사람 염장 지르는 자리잖아? 부장님, 나도 관상 봐서 찰떡궁합으로 하나 엮어주세요."

홍연이 귀엽게 소리쳤다.

"그럼 저기 노 변은 어때?"

"아이고, 내가 무슨. 황송하게끔……."

창졸간에 애정 라인에 엮인 은철이 얼굴을 붉히며 손사래를 쳤다.

첫 고백을 하고 손을 잡은 채 붙어 있는 장호와 승아. 그렇잖아도 괜찮던 승아의 월각에 서광이 깃들어 보였다.

사랑 때문이었다.

진짜 사랑…….

어머니의 사랑을 많이 받고 자란 승아. 가족을 살리기 위해 택했던 한국남자와의 국제결혼. 조폭 남편을 만나 짧은 시간 고난을 겪은 아픔이 이제야 완전히 상쇄되는 것 같았다. 그랬기에… 그랬기에 승아 혼자 사는 게 좋았을 관상이 조금씩 변한 것이다.

그건 장호도 같았다. 원래는 대인관계가 적극적이지 못할 상. 그러나 차곡차곡 돈을 벌고 목소리까지 찾으면서 그 상에 변화의 조짐이 생겼다. 이제는 별로 걱정하지 않아도 될 것 같았다.

"장호야!"

길모는 장호를 살짝 당겨 봉투를 하나 찔러주었다.

"뭐예요?"

장호가 목소리로 물었다. 조금 낯설긴 하지만 그게 대견해 장호 어깨를 두드려 주는 길모.

"네 가게."

"예?"

"아는지 모르지만 지금 우리 가게 한 달간 휴가 중이야. 그래서 혜수하고 나는 해외에서 며칠 쉬다 올 거다. 그 안에 세 개 후보지가 있는데 네가 어떻게 생각할지 몰라서 가계약만 해두었다. 승아랑 가서 마음에 드는 걸로 찜해서 개업 준비해라. 가게 이름은 카날리아 3호점. 사장은 장호 너하고 승아."

"형……."

"지금 있는 카날리아는 혜수가 혼자 맡게 될 거야. 유나는 이미 독립시켰으니까 그렇게 알고……."

"형, 그럼 우리 이제 헤어지는 거예요?"

"그거야 너 하기에 달렸지. 나는 혜수하고 합칠 거니까 내가 싫으면 멀리 가고 아니면 옆집으로 오면 되잖냐? 승아 손 잡고. 이 부장님, 강 부장님도 머잖아 독립할 거야. 그렇게 되면… 어디 보자. 카날리아가 자그마치 다섯 개가 되나?"

"형…….."

"목소리 찾은 거 축하한다. 짜식!"

길모는 다시 한 번 장호를 안아주었다.

"해외는 어디 가는데요? 그리고 며칠이나?"

장호가 물었다.

"맞춰봐라. 아마 너는 맞출 수 있을 거야."

"파타야?"

"그래!"

길모가 고개를 끄덕였다.

파타야!

길모에게 새 삶을 준 곳.

에필로그

　"오빠! 이렇게 쉬는 것도 좋은데?"

　혜수가 길모를 돌아보았다. 비행기의 좌석은 무려 비즈니스
석이었다. 길모가 끊은 건 아니었다. 모상길의 선물이었다. 저
간의 사정을 전하고 태국의 파타야에서 잠시 머리를 식히고 오
겠다는 뜻을 전한 길모. 그 말을 들은 모상길이 선물이라며 비
행기 표와 호텔을 예약해 주었다. 길모를 지지하는 지지자들의
마음이라는 말과 함께……

　"나도 좋다."

　길모도 은근히 혜수에게 기댔다.

　그때……

　카날리아 진상 처리 담당 웨이터 홍길모.

　희망이라고는 눈곱만큼도 없던 인간.

방 사장이 인심 쓴 태국행 표를 얻어 장도에 올랐었다.

이유?

나름 새로운 계기를 마련하기 위해서였다.

물론 표면적 이유와 길모의 내심은 달랐다. 되는 것 하나 없
는 인생. 그래서 내린 어이없는 결론. 낯선 나라의 바다에 빠져
죽어버리자.

결과론이지만 길모는 죽어서 새로이 태어났다.

며칠 잠적 생활을 하던 길모, 문득 파타야의 바다가 떠올랐
다. 그 바다… 호영을 만났던 그 바다…….

그곳을 한 번 더 보고 싶었다. 어쩌면 그때처럼, 또 다른 삶의
계기가 될 것도 같았다.

터닝 포인트.

대선관상을 본 후폭풍은 컸다. 확실히 길모는 이제 터닝 포인
트가 필요했다. 그랬기에 또 한 번의 영감 내지는 마음의 정리
를 위해 파타야를 택했다.

비즈니스석의 기내식은 이코노미와 달랐다. 흔히 하는 말로
고급졌다. 사랑하는 혜수와 함께 있어서일까? 아니면 그때와는
달리 여유로워져서일까? 조바심에 반항적 심리로 가득하던 예
전의 길모는 어디에도 없었다.

"우와, 수영장 좀 봐요."

모상길이 예약해 준 호텔은 바닷가의 하드락이었다. 호텔 상
징인 기타가 눈에 들어왔다. 바다를 향해 뻗은 기다란 수영장도
눈에 들어왔다.

짐을 푼 길모는 혜수와 함께 거리로 나왔다. 슬슬 하루가 기

우는 파타야가 잠에서 깨어나고 있었다. 파타야의 중심지는 유흥가이기 때문이었다.

가벼운 미소로 호객하는 레이디보이가 보였다. 길모의 마음은 점점 비워져 갔다. 아아, 삶의 변화란… 이토록 깊고도 넓었다.

그날, 길모는 꿈꾸지 못했다. 목숨의 결을 바다에 내려놓으려던 그때, 미래의 길모가 이런 모습으로 다시 올 줄 알았을까?

길모는 찡긋 윙크하는 레이디보이를 향해 윙크로 응수해 주었다. 그의 삶에도 희망이 맺혀 있다. 어쩌면 또 다른 날, 길모가 이곳에 다시 왔을 때, 그가 거부가 되어 있을 수도 있었다.

다음 날의 여정은 단연 여객선이었다. 그때 탔던 그 종류의 여객선. 큰 사고가 났지만 시간이 흘렀기에 그 상흔은 어디에도 없었다.

"뭐 생각해요?"

여객선이 출발하자 혜수가 물었다. 2층 난간에서 바다를 보던 길모가 웃었다.

"내가 관상의 도를 깨우치는 법을 알려줄까?"

"관상의 도요?"

"응."

"어머, 그러고 보니 오빠… 파타야에 다녀온 후로 관상대가가 되었다고 들었어요."

"맞아. 내가 도를 깨우친 곳이 바로 여기야."

바로 여기!

그 순간, 배는 그때 침몰한 그 지점에 다다르고 있었다. 바로 여기서 길모는 죽어서 다시 났다.

죽음, 아우성, 그리고 저승사자…….

그날이 상상 속에서 재현이 되었다.

"당신이었군요. 기다리고 있었습니다."

호영, 그의 첫마디가 생생하게 떠올랐다.

길모와 똑같이 생긴 호영. 그가 자신을 버리고 길모에게 남기고 간 염원. 관상으로 세상을 바로잡고 가난하고 어려운 사람을 돕고자 했던 염원……. 딱 그 자리에 서자 길모의 마음이 무섭게 비워져 갔다.

그때에 비하면 길모는 이제 재벌이었다. 돈만 그런 게 아니라 마음까지. 게다가 사람… 얼마나 많은 사람을 얻었던가?

위로는 대통령을 만났고,

총리와 육각방으로 회자되는 최고의 대지벌, 송광용 TPT 회장, 이성근 오성자동차 회장, 고학수 광개토전자 회장, 문병철 봉황화학 회장… 나아가 각 분야 최고 권위자들이나 대자본가들과의 교분…….

그러고 보니…….

'붕붕 떠서 살았군.'

바다에서 건져진 길모, 그동안 미친 듯이 상승한 것이다.

길모는 시선을 가지런히 들었다. 멀어지는 해변을 따라 고단한 파타야 서민들의 모습이 들어왔다. 그들 중 어린 아이들이 길모를 향해 손을 흔들었다. 순간, 다시 운명 하나가 다가왔다. 그 아이들의 순박한 미소와 손짓을 따라.

길모는 깨달았다. 다음 행선지. 한국으로 돌아가 길모가 해야 할 관상행로. 그건 이제 위가 아니라 아래를 향하는 일이었다. 길모는 세 권의 책을 꺼내 들었다.

홍길동전과 임꺽정, 그리고 장길산…….

바로 호영의 집에서 가져온 그 책이었다.

'원지(遠志)!'

길모는 그 책들 갈피에서 찾은 호영의 메모를 곱씹었다. 먼 것은 가까운 것이 쌓인 것이라는 원지. 그것은 어쩌면 관상의 도와도 통하고 있었다. 작은 하나가 모이고 모여 이루는 얼굴. 모든 인간의 상.

바로 관상…….

상정!

중정!

하정!

초년, 중년, 노년의 도 역시 삼정과 사독, 오악과 육요, 십이궁 이 쌓여 이룬 것이다.

호영…….

그는 여기서 길모를 기다리고 있었다. 작은 하나에 하나를 더 하기 위해…….

이제 헤르프메는 완전히 자리를 잡았다. 그동안 길모가 보내 준 돈은 적은 돈이 아니었다. 거기다 꾸준한 활동으로 각계각층 에 홍보가 된 까닭에 지원금과 성금도 날로 늘고 있었다.

'나의 2막은······.'

길모는 마음을 정했다.

'낮은 사람들 곁으로 간다!'

낮은 데로 임하기. 그리하여 가난하고 마음 아픈 사람들의 곁에서 함께 호흡하며 살아가는 것. 그것이야말로 터닝 포인트에 선 길모에게 주어진 사명과도 같았다.

'호영······.'

길모는 보았다. 그 파도 위에서 아른거리는 호영의 모습. 길모를 격려하러 저 깊은 심연에서 마중 나온 걸까?

길모는, 그 바다를 향해 두 손을 흔들었다. 호영은, 힘찬 파도로 달려와 뱃전에서 하얗게 부서졌다.

시원했다.

길모가 웃었다.

혜수도 웃었다.

파도도 웃었다.

『관상왕의 1번 룸』 완결

초대형 24시 만화방

신간 100%, 샤워실, 흡연실, 수면실(침대석), 커플석, 세탁기 완비

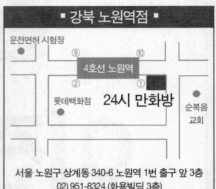

■ 강북 노원역점 ■

서울 노원구 상계동 340-6 노원역 1번 출구 앞 3층
02) 951-8324 (화용빌딩 3층)

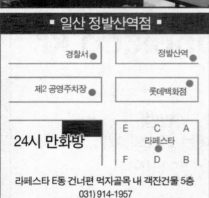

■ 일산 정발산역점 ■

라페스타 E동 건너편 먹자골목 내 객잔건물 5층
031) 914-1957

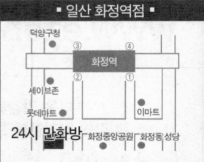

■ 일산 화정역점 ■

경기도 고양시 덕양구 화정동 984번지 서일빌딩 7층
031) 979-4874 (서일사우나 건물 7층)

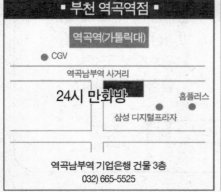

■ 부천 역곡역점 ■

역곡남부역 기업은행 건물 3층
032) 665-5525

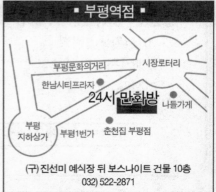

■ 부평역점 ■

(구)진선미 예식장 뒤 보스나이트 건물 10층
032) 522-2871

월야환담

채월야

홍정훈 장편 소설

"미친 달의 세계에 온 것을 환영한다!"

서울을 중심으로 펼쳐지는 뱀파이어, 그리고 뱀파이어 사냥꾼들의 이야기!
한국형 판타지의 신화, 월야환담 시리즈 애장판
그 첫 번째 채월야!

내일을 향해 쏴라

김형석 장편 소설

FUSION FANTASTIC STORY

1만 시간의 법칙!
'성공은 1만 시간의 노력이 만든다' 는 뜻이다.

그러나…
사회복지학과 복학생 수.
전공 실습으로 나간 호스피스 병동에서
미지와 조우하다.

1만 시간의 법칙?
아니, 1분의 법칙!

전무후무한 능력이 수에게 강림하다!
맨주먹 하나로 시작한 수의
인생역전이 시작된다!

Book Publishing CHUNGEORAM

유행이 아닌 자유추구-
WWW.chungeoram.com

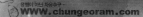

이경영 판타지 장편소설

FANTASY FRONTIER SPIRIT

그라니트

용들의 땅

GRANITE

사고로 위장된 사건에 의해 동료를 모두 잃고 서로를 만나게 된 '치프'와 '데스디아'.
사건의 이면에 상식을 벗어난 음모가 있음을 알게 된 둘은
동료들의 죽음을 가슴에 새긴 채 각자의 고향으로 돌아간다.
2년 후, 뜻하지 않게 다시 만난 두 사람은 동료들의 복수를 위해
개척용역회사 '그라니트 용역'을 설립해 다시금 그 땅을 찾게 되는데……

용들이 지배하는 땅 그라니트!
그곳에서 펼쳐지는 고대로부터 이어지는 운명적 만남,
깊어지는 오해, 그리고 채워지는 상처.

『가즈 나이트』시리즈 이경영 작가의 미래형 판타지 신작!

Book Publishing CHUNGEORAM

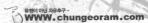

유령이 아닌 자유추구 ~
WWW.chungeoram.com

FUSION FANTASTIC STORY

인기영 장편소설

리턴 레이드 헌터

Return Raid Hunter

하늘에 출현한 거대한 여인의 형상……
그것은 멸망의 전조였다.

『리턴 레이드 헌터』

창공을 메운 초거대 외계인들과
세상의 초인들이 격돌하는 그 순간.
인류의 패배와 함께 11년 전으로 회귀한 전율!

과연 그는, 세계의 멸망을 막을 수 있을 것인가.

세계 멸망을 향한 카운트다운 속에서 피어나는
그의 전율스러운 이야기!

Book Publishing CHUNGEORAM

유행이 아닌 자유추구 -
WWW.chungeoram.com